Hans Conrad Zander

Lob der Dummheit

Gesammelte Werke

Band 3

LIT

Hans Conrad Zander

Lob der Dummheit

15 Reportagen mit Sinn

LIT

Bibliografische Information Der Deutschen Bibliothek
Die Deutsche Bibliothek verzeichnet diese Publikation in der Deutschen Nationalbibliografie; detaillierte bibliografische Daten sind im Internet über http://dnb.ddb.de abrufbar.

ISBN 3-8258-5593-7

Grevener Str./Fresnostr. 2 48159 Münster
Tel. 0251–62 03 20 Fax 0251–23 19 72
e-Mail: lit@lit-verlag.de http://www.lit-verlag.de

Inhalt

Vorwort

Daß ich, nach meiner ersten Reportage, Henri Nannen vorgestellt worden sei, wage ich nicht zu behaupten. Ihm, dem allmächtigen Gründer und Chef des "Stern" wurde ich, im Gegenteil, regelrecht vorgeführt. Auf dem "Affenfelsen" an der Alster in Hamburg, wo der "Stern" lange Zeit gemacht wurde, empfing er mich in einem Ledersessel mit so mächtiger Rückenlehne, und sein Bauch, zur Sessellehne passend, wölbte sich unterm Hemd so mächtig vor, daß mir schien, ich trete nicht vor einen modernen deutschen Illustriertenchef, sondern vor einen altjapanischen Kriegsherrn. "Sie sind also", sagte er, "der davongelaufene Mönch, der so gute Reportagen schreibt." Er musterte mich ohne Sympathie: "Na, dann erzählen Sie mir etwas über Ihr Verhältnis zu Gott."

Die gezielte Taktlosigkeit des Mächtigen. Ich nahm sie hin. Zu viel lag mir, 1975, an eben diesem Karrieresprung: vom Mönch zum Sternreporter. Hoch auf dem Hamburger Affenfelsen begann ich von Gott zu reden. Henri Nannen hörte zu. Er schloß die Augen. Mir schien, er höre gesammelt zu.

Und dann das Unfaßbare: ein jähes Schnarchen. Ein Schnarchen nicht hoch aus einer neudeutschen Nase, sondern tief aus einem altjapanischen Bauch. Henri Nannen hatte die Augen nicht geschlossen, weil er sich sammeln wollte. Er war eingeschlafen.

Neben mir stand Peter Koch, ein paar Jahre später als Chefredakteur des "Stern" verantwortlich für das Debakel mit den Hitler-Tagebüchern. Ich sah ihn fragend an. "Einfach weiterreden über Gott", zischelte Peter Koch, "der wacht von selber wieder auf."

Als er erwachte, musterte er mich noch einmal. Ohne Sympathie, ohne Interesse. "Gehen Sie rüber zu Uschi", sagte er mit einer Kopfbewegung, "die macht Ihnen den Vertrag."

So sind Blütezeiten. Es sind – wie in der Kirche, so in den Medien – Zeiten der allerersten, gerade beginnenden Dekadenz. Noch war der "Stern" die größte Illustrierte aller Zeiten, von Henri Nannen aus dem Bauch geschaffen nach dein Prinzip "Niemand braucht mir zu sagen, was Lieschen Müller lesen will; ich bin Lieschen Müller." Aber er war seines

Blattes nicht mehr Herr. Im Schlaf stellte er jetzt Leute ein, die er, bei Sinnen, niemals eingestellt hätte. Intellektuelle. Davongelaufene Mönche gar.

Wohl sind die meisten Reportagen, die ich für dieses Buch ausgewählt habe, erst in den achtziger und neunziger Jahren geschrieben, manche schon gar nicht mehr für den "Stern." Und die beste – "So ist das mit der Einsamkeit" – ist nie zuvor erschienen. Aber alle haben sie ihren schöpferischen Anstoß aus jener wunderbar zwielichtigen Sternstunde, an die sich eine Generation deutscher Leser wehmütig erinnern wird: Da war eine Illustrierte, in der plötzlich mehr war. Nicht nur Schmalz und Empörung, sondern auch Spott und Intellektualität. Nicht nur Sensation, sondern auch Sinn. Jene Scheidung, an der unsere deutsche Kultur zu Tode krankt, die Scheidung von Unterhaltung und Bildung, Henri Nannen hatte sie, einen Augenblick lang, unfreiwillig überwunden. Den Seinen gibt's der Herr im Schlaf.

Im Schlaf holte er mich aus einer Kirche, die sich, merkwürdig genug, im gleichen Zustand befand wie die Illustrierte "Stern". Noch stand das alte, grandiose katholische Gefüge. Noch war dies die größte Kirche aller Zeiten. Aber die Dekadenz hatte begonnen.

Wie zu erwarten mit einer Blüte. Mit dem Reformeifer des Konzils. “Bekehrung zur Welt” war die Losung, an die ich mit der gleichen illusionären Naivität glaubte wie eine ganze Generation von katholischen Intellektuellen. Wir brauchten uns nur der Welt zu öffnen, wir brauchten nur auf die Welt zuzugehen, davon waren wir überzeugt, und alles, alles würde heil.

Bekehrung zur Welt. Vom Mönch zum “Stern”-Reporter. Im Schlaf ließ Henri Nannen die theologische Illusion journalistische Wirklichkeit werden. Nicht einen Augenblick nämlich hatte ich das Handwerk des Reporters gelernt. Nicht eine Sekunde gar in so einer zutiefst sinnlosen Anstalt wie der “Journalistenschule von Grüner und Jahr” gesessen. Alle meine Reportagen habe ich nach der genau gleichen Methode geschrieben, nach der ich zuvor als Mönch gebetet hatte. Es ist die Methode des heiligen Augustinus: “Et facta mirari et intellecta assequi.” Das heißt auf deutsch: Zuerst die Tatsachen staunend entdecken, ihnen dann auf den Grund gehen, ihren Sinn verstehen und ihre Poesie. Jenen Sinn und jene Poesie, die kein Reporter zu erfinden braucht. Denn sie sind den Dingen eigen.

Zeit ist die wichtigste Voraussetzung dieser Methode. Sich Zeit zu lassen für einen Menschen ist fast gleichbedeutend mit Anstand. Auch Themen verlangen diesen Anstand. Wenn ich mehr will als die opportunen Korrektheiten des "flotten Schreibens", wenn ich von den Dingen etwas verstehen will, was ich vorher nicht verstand, brauche ich Zeit. Viel Zeit.

Das schöpferische Chaos in der sich zersetzenden Großillustrierten "Stern" verschaffte mir die Zeit. Wollte ich erfahren, was das ist, ein ganz gewöhnliches deutsches Leben, so fuhr ich ein halbes Jahr ins Ruhrgebiet, Wollte ich erfahren, was das ist, ein ganz gewöhnlicher indischer Dorfguru, so fuhr ich einen Sommer lang den Ganges hinauf, den Ganges hinab. Als dann der Herbst kam und die Fluten des Ganges gefährlich stiegen, schien es mir angezeigt, mich in Hamburg telephonisch zu melden. Es erwies sich als überflüssig: "Conrad, mach dir keine Sorgen; niemand hier hat gemerkt, daß du in Indien bist."

Bis dann die neunziger Jahre kamen und somit, auch beim "Stern", Leute, die so etwas merken. Junge Macher, die rechnen können. Die ganz scharf rechnen müssen, um ihre milliardenteuren "multimedialen Projekte" zu finanzieren. Auf dem “Affenfelsen” in Hamburg wurde plötzlich nachgerechnet, wieviel das kostet, so eine bewußt langsame Reportage. “Was Sie bei uns machen”, lautete das gnadenlose Fazit, “ist teurer als Hemingway.” Und so war Schluß mit den Reportagen nach der Methode des heiligen Augustinus.

Nun höre ich alle klagen. Sie klagen über die neue Diktatur der Mittelmäßigkeit, über die Herrschaft einer scharf und absichtsvoll kalkulierenden Geistlosigkeit, über das neue Mittelalter der Dummheit und der Vulgarität in den Medien. Ich klage nicht. Ich weiß aus der Geschichte der Kirche, was auch für die Medien gilt: Die Zeiten der Blüte, der Gnade, sind kurz; die Zeiten des Niedergangs, der Gnadenlosigkeit, sind lang.

Was bleibt, ist die Erinnerung an ein maßloses Vergnügen. Etwas entdecken, was mir vorher fremd war, etwas verstehen, was ich vorher nicht verstand, dies ist, Thomas von Aquin hat es oft gesagt, die höchste Lust, deren der Mensch fähig ist.

War es auf einem Flug nach Celebes? War es auf einem Flug nach Kalifornien? Jedenfalls war es noch in den siebziger Jahren, auf einer meiner ersten Reportagen für den “Stern”, In der Business Class saß ich, zusammen mit dem Photographen, hoch in den

Wolken. Wir fühlten uns als die Herren der Welt. Wir sprachen über dies und das. Doch dann, von dem Photographen eher nebenbei gestellt, die Frage zur Sache: "Sag mir, was du schreiben willst, damit ich mich drauf einstellen kann."

Ich war verwundert: "Das weiß ich doch nicht, was ich schreiben werde, wir sind ja noch gar nicht da."

Wieder sprachen wir über dies und das. Dann ein Schweigen, dann ein Blick von der Seite. Und dann, ganz leise, aus dem Munde des erfahrenen Pressephotographen, ein Wort von großer Nachdenklichkeit: "Seit zwanzig Jahren reise ich mit Reportern um die Welt. Aber das ist das erste Mal, daß ich mit einem reise, der nicht im voraus weiß, was er schreiben will."

Ein größeres Lob habe ich nie gehört.

Im Anfang war das Krokodil

Im Anfang war das Krokodil. Und der Geist des Großen Krokodils schwebte über den Sümpfen von Kakadu. “Ganz Australien”, sagt Charlie, “war ein einziges Krokodil.”

“Als Gott das Krokodil erschuf”, sagt Max, “schuf er den perfekten Mörder. Und nur wer viele Jahre bei uns im Busch gelebt hat, wird verstehen, daß dieser Mörder ein perfektes Abbild ist für Gottes Fairneß und Gerechtigkeit.”

Sanft schwankt unser kleines Aluminiumboot auf dem nächtlichen Billabong. So heißen die stillen Wasser in den nördlichen Sümpfen Australiens. “Gentlemen”, sagt Max, “bevor wir weiterreden, mache ich darauf aufmerksam, daß keine Versicherung der Welt unser religiöses Gespräch hier deckt.” Er zieht seinen Revolver aus dem Halfter. Es ist ein Kaliber 44 Magnum. “Wir sind umstellt”, sagt Charlie. Er greift zur großen Stablampe und läßt sie über den nächtlichen Wasserspiegel sehweifen.

Glühende Augen links in den Seerosen. Glühende Augen rechts, wo die Schraubenpalmen ins Wasser hangen. Vor uns, hinter uns im Schlamm Augenpaare wie feurige Kohlen. Manchmal noch die Spitze einer Schnauze. Sonst nichts. Wie feindliche Unterseeboote auf tödlicher Lauer, so haben die Krokodile uns umstellt.

Max steckt die 44er Magnum wieder ein. "Solange keiner einen Arm über den Bootsrand baumeln läßt", sagt er, "passiert nichts." Charlie schaltet die Stablampe aus. "Wir haben", sagt er, "noch eine gute Stunde Zeit zum Reden. Erst um Mitternacht springt Max ins Wasser."

Max Davidson ist einer der großen alten Buschmänner Australiens. Mit seinem weißen Bart, mit seinen 94 Kilo sieht er zum Verwechseln aus wie Ernest Hemingway. Max ist ein Jäger von verwegener Erfahrung, aber auch von staunenswerter Belesenheit. Im Busch kennt man ihn nur unter dem Spitznamen "the professor". Geschichten voll tödlicher Gefahren umranken ihn. "Zeig deine Hände, Max", sagt Charlie. Max beugt sich im Dunkeln etwas vor. Er zeigt seine ungeheuren Pranken. "Etwa 600 Krokodile", sagt Charlie, "hat Max mit bloßen Händen gefangen."

Nicht vielen Menschen in Europa ist Max Davidson ein Begriff. Aber alle kennen seine Abenteuer. Denn sie sind eingegangen in den Film "Crocodile Dundee". Die ganze Welt hat sich von diesem Film aus den Pantoffeln reißen lassen. Zu Recht. "Crocodile Dundee" ist das Epos von Australiens letzter Wildnis, in der die letzten echten Männer sich mit den letzten echten Krokodilen messen.

Von Darwin, der nördlichsten Hafenstadt Australiens, rollt ein Touristenbus nach dem andern vollgerammelt ostwärts in den Busch. Zum "Kakadu Nationalpark" wollen alle. Wo aus dem South Alligator River die Krokodile klafterhoch nach Beute springen. Wo in den Felsen von Ubirr und von Nourlangie die Maler der Steinzeit dem Krokodil gehuldigt haben.

"Und dann", sagt Charlie, "fahren sie heim nach Europa und meinen, sie hätten den wahren Busch erlebt." – "Dabei haben sie gar nichts erlebt", sagt Max. Das Land der wahren Männer und der wahren Krokodile beginnt dort, wo Kakadu endet. "Jenseits von Kakadu", sagt Max respektvoll, "ist Charlies Land." Dort liegt der Billabong, in dem Max Davidson um zwölf für uns ein Krokodil mit bloßen Händen fangen wird.

Und noch 50 Minuten bis Mitternacht.

Charlie Mangala ist ein Ureinwohner Australiens, ein “aboriginal”. Das Land, das er sein eigen nennt, heißt Arnhemland. Es ist eines der verschlossensten Gebiete der Erde. Schwere Gefängnis- oder Geldstrafen drohen dem, der dieses Schutzgebiet für Ureinwohner ohne besondere Erlaubnis betritt.

Arnhemland ist etwas größer als Osterreich. Aber es hat nicht mehr als 5000 Einwohner. Sie gliedern sich in 67 Stämme, jeder mit seiner eigenen Sprache, Charlie ist der “Sprecher” der allerkleinsten Gemeinschaft. Nur elf Menschen zählt sein Stamm.

Elf Menschen mit einer eigenen Sprache. Mit einem eigenen Stammesland von etwa 700 Quadratkilometern. Mit einem eigenen Totem. “Drüben in Kakadu”, sagt Charlie verächtlich, “ist das Krokodil nur eine Sensation für Touristen.” –“Hier ist es viel mehr”, sagt Max bedeutsam. “Bei uns”, sagt Charlie leise, “ist das Krokodil eine Religion.”

Nicht daß am Ufer unseres Billabongs ein Pfahl stünde mit einem geschnitzten Krokodilsrachen drauf. “Totem” bedeutet in Arnhemland etwas anderes. “Alle, die dem Krokodil geweiht sind”, sagt Charlie, “haben die gleiche Haut.” Eine Krokodil-Haut. Andere Stämme sind dem Känguruh geweiht oder dem Dingo. Sie haben eine Känguruh-Haut oder eine Dingo-Haut. “Eine Art spirituelle Haut”, wirft Max klärend ein. Charlie schüttelt den Kopf: “Es ist eine Haut, die man sehen kann. Alle, die dem Krokodil geweiht sind, erkennen einander an der Haut.” Von den 67 Stämmen in Arnhemland sind 17 dem Krokodil geweiht. Es ist wichtig, daß sie einander an der Haut erkennen. Denn nur sie dürfen untereinander heiraten.

Nicht den Eltern, so glaubt Charlies Stamm, verdankt ein Kind sein Leben, sondern dem Großen Krokodil. Wächst es heran, so lernt es, daß Krokodilen die gleiche Ehrfurcht gebührt wie alten Männern. Wird er selber mannbar, so erhält der Knabe die feierliche Weihe zum Krokodil-Mann.

Der Mond ist aufgegangen. So hell steht er über unserem Billabong, daß Charlie seine Stablampe nicht mehr braucht. Im Mondlicht glänzen, rings um unser Boot, die Krokodilsaugen milde wie Opal. Sie glänzen mütterlich. Sie sind nähergekommen. Die Krokodile hören zu. Charlie erzählt die Legende seines Stammes vom Sündenfall:

“Es waren einmal zwei Mütter, die stritten sich um ein Kind. Es waren zwei Rabenmütter, sie schlugen beide das Kind. Das Große Krokodil, das alles sieht, sah den Frevel und erzürnte. Da verzauberte es den kleinen Knaben in ein mächtiges Krokodil. Das fraß die beiden Rabenmütter mit Haut und Haaren auf."

Seither frißt das Krokodil Menschen. "Trotzdem braucht Max keine Angst zu haben", sagt Charlie, "wenn er ins Wasser springt. Nur böse Menschen frißt das Krokodil." Max schweigt. Nichts ist zu hören außer dem kurzen Schrei der Fliegenden Hunde, die, Vampiren gleich, unser Boot umschwirren.

Und noch 30 Minuten bis Mitternacht.

Es fällt auf, daß Charlie, der Schwarze, Max, den Weißen, nicht immer mit dem Namen anspricht. Meist sagt er "Old Man". Das ist in Arnhemland ein Ausdruck höchster Achtung. "Wenn der alte Mann nicht bei uns wäre", sagt Charlie, "wüßte ich nicht, was tun."

Der Mensch lebt nicht vom Glauben ans Große Krokodil allein. Vor zwei Generationen noch waren die Menschen in Arnhemland Jäger und Sammler, die unstet durch den Busch schweiften. Dann fielen sie christlichen Missionaren zum Opfer. Auf der nahen Missionsstation Oenepelli wurden viele Jahre lang über tausend Menschen zweimal täglich gratis gefüttert. Um sie zu bekehren. Vom Großen Krokodil zu Jesus.

Jetzt sind die Stämme wieder im Busch. Aber sie leben dort von Sozialhilfe und vom rollenden Supermarkt, mit dem die Behören sie einmal in der Woche verpflegen. Die größeren Nachbarstämme, die einen Stromgenerator haben, sitzen, fast so stumpfsinnig wie deutsche Familien, vor ihrem Videogerät herum.

Diesen Stumpfsinn der Abhängigkeit und der Untätigkeit möchte Charlie seinem winzigen Stamm ersparen. Er versucht das mit einem touristischen Experiment. Mit seiner schriftlichen Erlaubnis dürfen von Zeit zu Zeit Fremde in das Stammesgebiet einreisen und, als zahlende Gäste, im Zelt, das Leben im Busch teilen. Das ist sehr teuer. Meist sind es auch nur zwei oder vier Gäste. “Zehn ist das höchste”, sagt Charlie, “mehr als zehn Touristen verträgt ein Gebiet von 700 Quadratkilometern nicht.”

Max Davidson, der mit Charlie seit vielen Jahren befreundet ist, hat sich dazu breitschlagen lassen, dem geschäftlich unerfahrenen Stamm bei dem Experiment zu helfen. “Mit meiner ganzen Person”, sagt er, “stehe ich dafür grade, daß nichts klappt.”

Gleich am ersten Morgen nach unserer Ankunft in Charlies Jagdlager klappte nichts. Der Toyota war weg. “Onkel gestorben, wichtige Zeremonie", mit dieser faulen Ausrede war Charlie mitten in der Nacht abgehauen.

Mit Max ganz allein sind wir im ersten Morgengrauen zum Billabong gewandert. Im Augenblick, als wir aus der Eukalyptus-Savanne hinaustraten in die "Flutebene", ins unermeßlich weite Moor, überwältigte mich ein aberwitziges Gefühl der Verrückung von Raum und Zeit,

Jabiru-Störche, Seeadler, Ibisse, Silberreiher, Pelikane – Myriaden Vögel, die sich durch die weite Flutebene so eng und zwanglos untereinander bewegen wie Menschen in einer Großstadt. Das Moor selber tiefgrau, in der Ferne ockergelb. Der blaue Himmel darüber bedeckt von Vogelschwärmen ohne Zahl. So hat die Welt ausgesehen, Millionen Jahre bevor der Mensch kam.

Am zweiten Morgen war auch der Suzuki weg. Der ganze Stamm war abgehauen. Nur Audrey und Cookie, die beiden schlohweißen Greise, hatten sie zurückgelassen. Cookie lachte übers ganze Gesicht: "Boxmatch in Darwin, important ceremony." Dann, als hinge er Charlies fauler Ausrede in Gedanken nach, sagte er leise und ernst, "Wollt ihr sehen, wo Onkel Cookie begraben wird?"

Hinter Onkel Cookie her ging es eine Meile durch den Busch, Vor einem breiten

Felsenhöcker blieb er stehen: “Hier ist es, hier überall.”

Dutzende von Höhlen voll von steinzeitlichen Malereien, Tierzeichnungen aus 25000 Jahren. Und muten drin, ockergelb, das Tier der Tiere, das Große Krokodil.

Onkel Cookie deutete hinauf in den Wipfel einer Sandpalme: “Dort oben wird mein Körper aufgebahrt.” Damit die Raben ihm die Augen aushacken und der Wind seine Knochen bleicht. Nach Jahren dann wird der Schädel ockergelb bemalt und dem Großen Krokodil zu Füßen gelegt.

Wer Charlies Stammesland zu Fuß durchwandert, gerät alle Viertelstunde in eine Felsengruppe, die mit steinzeitlichen Malereien nur so bedeckt ist. Ein Stamm von elf Menschen mit vielen hundert Kunstgalerien. Das ganze Stammesland ein einziges Museum of Modern Art, “Wenn Cookie begraben wird”, sagt Max, “dann ist das, wie wenn du im Louvre begraben würdest.”

Am dritten Morgen die erleichternde Überraschung: Toyota und Suzuki wieder da. Wichtige Zeremonie zu Ende. Ganzer Stamm wieder im Busch. Mir einer Ladung neuer T-Shirts, neuer Mützen und neuer Musikkassetten aus Darwin. Und mit einem arg verkaterten Charlie.

So tief beschämt war Charlie, daß er beim Frühstück Wiedergutmachung gelobt hatte. “Heute um Mitternacht, unten am Billabong, werdet ihr etwas erleben, was wir vor euch keinem gezeigt haben. Krokodilfang nach Art der Ureinwohner. Aboriginal style. Max wird euch das zeigen. Nicht wahr. Max?”

Und noch acht Minuten bis Mitternacht.

Die Spannung im Boot ist kaum noch zu ertragen. Nichts ist zu hören als, hoch droben in den Wipfeln am Ufer, das ahnungsvolle Quaken der Baumfrösche. “Gentlemen”, sagt Max mit einem Mal, “ich bin nicht sicher, ob das vernünftig ist, was wir hier tun.” Und er deutet hinauf zum Mond.

Es hat seinen Grund, daß die Ureinwohner in Arnhemland bis Mitternacht warten, wenn sie ein Krokodil fangen wollen. Je dunkler nämlich die Nacht, desto leichter ist es, das Reptil mit einem starken Licht so zu blenden, daß es sich nicht mehr bewegt.

Bei Vollmond wird das gefährlich. Dann ist das Krokodil nur halb geblendet, und seine Reaktion ist schlecht vorherzusehen. “Ich habe das beim Frühstück versprochen”, sagt Max. “Aber das war Unsinn. Beim Frühstück denkt kein Mensch an Vollmond.”

“Max”, sagt Charlie, “die Zeit fürs Reden ist vorbei. Du weißt, daß ich selber springen würde. Aber ich darf nicht. Aus religiösen Gründen."

Auch Stämme, die dem Großen Krokodil geweiht sind, jagen manchmal Krokodile. Aber nur die jungen Männer dürfen das. Und sie müssen sich dazu vom Lager möglichst weit entfernen. Wenn ein alter Mann wie Charlie ein Krokodil fangen würde, brächte er furchtbares Unheil über den gesamten Stamm.

"Max", sage ich leise, "es ist drei Minuten vor zwölf. Wir sind extra nach Australien gekommen, um echte Männer zu erleben. Bei uns in Deutschland erkennt man einen echten Mann daran, daß er sein Wort hält."

Jetzt wird Max ärgerlich: "Was ihr im Kino gesehen habt, war alles Schwindel, Paul Hogan hat nie im Leben ein Krokodil berührt. Ein einziges Mal hat er einen Fuß in einen Billabong gesetzt. Und da hat er vorher verlangt, daß rings auf allen Bäumen Scharfschützen postiert wurden." Charlie nickt: "Das stimmt, ich habe es im Radio gehört."

Der Film "Crocodile Dundee" hat die echten Männer Australiens in aller Welt berühmt gemacht. Im eigenen Land sind sie aber nicht so berühmt. Geoffrey Blainey, ein großer australischer Historiker, hat sogar den vielsagenden Begriff "Billabong-Männlichkeit" geprägt.

Ein Billabong ist ein toter Flußarm, wie er, in der australischen Trockenzeit, abseits der Ströme als Tümpel stehenbleibt. In einem bestimmten Sinne ist ganz Australien ein "Billabong der Welt", ein totes Wasser, wo, abseits vom Strom der lebendigen Entwicklung, lauter Gattungen überleben, die anderswo ausgestorben sind. Das Känguruh zum Beispiel, das Schnabeltier. Und der echte Mann.

"Splash!"

Max ist gesprungen. Mit dem Ruf "Lieber Gott, hier komme ich!" hat er stehend beide Arme ausgebreitet und sich dann aufs nächste Krokodil gestürzt,

Da! Was tut er? Tief im Schlamm reißt er die Arme wieder auseinander. Er hat den Nacken des Krokodils verfehlt! Hände weg ist seine einzige Chance, jetzt nämlich wird das Krokodil erbarmungslos zubeißen. Zuschlagen wird es mit seinem mörderischen Schwanz. In der "Todesrolle" wird es Max in die Tiefe ziehen.

Nein. Das alles tut dieses Krokodil nicht. Wider alle Krokodilsvernunft versucht es, sich ans feste Ufer zu retten. Max triefend hinterher. Und wieder stürzt er sich auf den Nacken des Reptils.

Diesmal hat er richtig zugepackt. Im Würgegriff seiner mächtigen Hände drückt er das Krokodil zu Boden, Bis es, wie gelähmt, alle viere von sich streckt. Dann reckt er seine Beute triumphierend in die Luft.

Nanu?

Ein Meter zwanzig lang. Vielleicht drei Jahre alt. Ein Krokodilchen, Und überdies, erkennbar an der langen, lieblich feinen Schnauze, ein Crocodylus Johnstoni. Das ist die kleinere der beiden australischen Krokodilarten, die harmlose. Wenn es nicht selber angegriffen wird, tut dieses Krokodil keinem Menschen je etwas zuleide.

Charlie hat das Boot am Ufer festgemacht. Wir sind nähergetreten. "Ein Krokodilskind", sagt Charlie liebevoll und krault es zwischen den Augen. Da reißt das Krokodil den Rachen auf. Es ruft um Hilfe: "Ah-ah-ah-ah!""Es ruft nach seiner Mutter", sagt Max gerührt. "Es ruft das Große Krokodil", sagt Charlie feierlich.

Es ruft umsonst. Aus dem heiseren, gepreßten Schrei spricht nichts als die hilflose Todesangst der Kreatur.

"Armes kleines Krokodil", sagt Max. "Vom ersten Augenblick an trachten alle nur nach deinem Leben. " Kaum hat das Krokodilsweibchen seine Eier am Ufer gelegt, so kommen die Riesenechsen, die Goannas, und plündern das Nest. Die Wasserbüffel zertrampeln die Eier. Das Hochwasser schwemmt das Nest weg. Gelingt es ein paar winzig kleinen Krokodilchen, trotz allem piepsend auszuschlüpfen, so vernimmt nicht nur die Mutter das Signal, Auf allen Uferbäumen warten schon Seeadler und Brauner Falke, um sich auf die wehrlosen Babys zu stürzen. Wenigen gelingt die Flucht ins Wasser. Sie fliehen in die offenen Mäuler von Wels und Barramundi.

70 Jahre etwa, die gleiche Lebensspanne wie dem Menschen, sind dem Krokodil zugemessen. Aber so gnadenlos sind seine Feinde, daß es höchstens fünf Prozent Chance hat, das Kindesalter dieses Kleinen zu erreichen, "Und wenn es das alles mit drei Jahren überstanden hat", sagt Max, "dann hat es Naturschutz verdient."

Über 600 Krokodile hat Max Davidson mit bloßen Händen gefangen und dann wieder freigelassen. Kein einziges hat er getötet. Auch damals nicht, als er jünger war und die Krokodile, an denen er sich maß, viel größer. Alle hat er nur in Händen halten wollen. Warum tut Max so etwas?

Er zögert lange mit der Antwort. “Zuerst”, sagt er, “habe ich für Krokodile nur so etwas empfunden wie Brüderlichkeit. Weil das Krokodil das gleiche ist wie ich: ein Jäger von Natur. Aber dann habe ich Charlie kennengelernt.”

Anfänglich hat auch Max nur gelächelt über das, was Charlie ihm vom Großen Krokodil erzählte. Ein alter Aberglaube, dachte er, nicht mehr. “Es hat Jahre gedauert, bis ich plötzlich merkte: Charlie hat recht.”

Es genügt, ein Krokodil anzuschauen. Von der Schnauze bis zum Schwanz strahlt dieses Tier nichts anderes aus als unverhüllte Mordlust. Ganz anders als der Mensch. “Der”, sagt Max, “strahlt Nächstenliebe aus. Und massakriert zu gleicher Zeit die ganze Welt.”

Das Krokodil tut das Gegenteil. Es tötet so wenig wie möglich. Die Natur hat es so ausgerüstet, daß es jederzeit den ganzen Billabong massakrieren könnte, Aber einmal in der Woche höchstens beißt das Krokodil zu. Meistens tötet es einen Fisch, manchmal einen Vogel. Es will keinen Bissen mehr, als es zum Leben braucht.

“Ich bin Jäger”, sagt Max Davidson, “das ist mein Beruf. Und ich bin Freimaurer. Das ist meine Überzeugung. Jeden Tag strenge ich mich an, ein besserer Mensch zu werden. Wenn ich die menschliche Vollkommenheit erreiche, dann werde ich zum Schluß das sein, was das Krokodil seit 100 Millionen Jahren ist: ein Räuber mit Maß und Sinn."

Die Diebe von Köln

Und dann bist du drin. Drin sein ist das höchste der Gefühle. "Wenn du drin bist", sagt der Kölner Einbrecher Bruno B., "dann is et jut."

Es ist zwei Uhr nachts. Bruno, 31, und sein Freund Marcel, 22, sind in eine Kölner Gaststätte eingebrochen. Vom Hinterhof durchs Kellerfenster. Die letzten Augenblicke waren strapaziös.

Das Kellerfenster war durch eine Querstange gesichert. Sie loszubrechen ist an sich keine Kunst. Ein Wagenheber genügt. Marcel hat ihn mitgebracht. In einer braunen Plastiktasche. Sie enthält außerdem ein Brecheisen, eine Taschenlampe, drei Schraubenzieher, ein Rettungshämmerchen aus der Straßenbahn (um Fenster einzuschlagen) sowie eine Rolle Klebeband (damit das Glas nicht so splittert). Aber als Bruno am Wagenheber zu drehen begann, hat Marcel fast die Nerven verloren: "Pssst! Maach nit esu ene Kraach!"

Ringsherum Häuser. Ringsherum Wohnungen. Die Stange gibt leicht nach. Aber wie das hallt durch den nächtlichen Hinterhof! Viel größere Angst als vor der Polizei haben Bruno und Marcel vor alten Mütterlein, die nachts schlaflos aus dem Fenster lehnen. “Esu en aal Omma”, klagt Bruno, “määt (macht) alles kapott.”

Und dann bist du drin. “Wenn du drin bist”, sagt Bruno, “dann hast du ein Gefühl der Entspannung, das ist, wie wenn du… ” Er sucht nach einem Vergleich. “Das ist, wie wenn du auf der Arbeit Feierabend hast. Nur viel schöner.”

Und dann fängst du an zu “kucken”. Hinter der Theke zuerst. Hier ein Töpfchen, da ein Gläschen – unglaublich, wieviel Geld so töpfchen weise hinter einer Theke steht. Darauf trinken Bruno und Marcel einen Bacardi mit Cola. Und essen dazu ein Solei und ein paniertes Kotelett.

Und dann nimmst du dir einen Löffel. Der genügt, um die Musikbox aufzubrechen. Dann den Spielautomaten an der Wand. Dann den Blechkasten vom Sparverein. “Zum Schluß nimmst du den Schraubenzieher”, sagt Bruno, “un määst de Flipper op.”

Und dann fängst du an zu schätzen. Wieviel ist es diesmal? Zwei- bis dreitausend Mark. Kommt alles in die braune Plastiktasche.

Aber ist der Aufbruch aus der geplünderten Wirtschaft nicht genauso beängstigend wie der Einbruch? Bruno schüttelt verständnislos den Kopf: “Wieso denn dat? Jetzt ist doch Stimmung dabei. Jetzt hast du doch dein Geld. Dein Geld gibst du nicht mehr her. Das ist doch wie... ” Mühselig sucht er nach einem Vergleich.

“Das ist wie Lohn! Deinen Lohn gibst du nicht wieder her. Da kann so viel Schmier (Polizei) kommen wie will.”

Das ist nicht Mord und Totschlag, das ist nicht “Chicago am Rhein”. Nicht die schweren Jungen sind in Köln so übermütig, sondern die leichten. “Spetzbove” (Spitzbuben) wie Bruno und Marcel. Autos klauen sie und Motorräder. In Geschäfte und Gaststätten brechen sie ein. Und eh du dich versiehst, stehen sie in deiner Wohnung, Da holen sie doppelt so viel wie m einer Gaststätte. “Wohnungen”, sagt Bruno, “sind jetzt absolut das beste.”

Es ist ein schöner Sornmerabend am Rhein. Bruno und Marcel gehen spazieren. Schlecken Lakritzen, pfeifen hinter den Mädchen her. Doch zu gleicher Zeit wandern ihre Augen ruhelos an den Häuserwänden hoch. “Auf die Vorhänge mußt du kucken”, sagt Bruno, “darauf kommt es an.”

An den Gardinen erkennt der gute Einbrecher mühelos, was in der Wohnung zu holen ist. In neun von zehn Fällen stimmt's. Da drüben zum Beispiel die Mozart-Gardinen mit dem gläsernen Familienwappen im Fenster. "Dat is en jut Wonnung", lobt Bruno, "die mache mer deräk (sofort)." Auch Senkrechtjalousien vom Innenarchitekten findet Bruno "janz jut". Dagegen dort, das große Wohnzimmerfenster ohne Vorhänge, mit Blumen und mit Kinderspielzeug. "Dat es ene Lehrer. Oder en Wonnjemeinschaff. Dat bringt nix."

Natürlich bringen es die Vorhänge nicht allem. Es muß auch eine belebte Straße sein. Arn besten ein schöner Altbau mit nur einer Wohnung je Etage, Möglichst im obersten Stock. Damit nicht im kritischen Augenblick eine unberechenbare Omma die Treppe runterkommt.

So suchen sich Bruno und Marcel auf ihrem Spaziergang zwei bis drei Wohnungen aus. Gehen ein Stündchen oder zwei Billard spielen. Und dann ins Bett.

Ganz brav ins Bett. "Ich kann es nicht begreifen", sagt Bruno, "daß Leute nachts schlaflos im Bett liegen aus lauter Angst vor Einbrechern. Nachts brichst du in eine Wirtschaft ein. Oder in ein Geschäft. Aber doch nicht in eine Wohnung. Da können auch zur Ferienzeit immer Leute sein." Nachts klingt ja jedes Geräusch zehnmal so laut. Jeder Fremde im Treppenhaus ist nachts verdächtig. Bruno schüttelt den Kopf: “Wohnungen machst du morgens zwischen neun und zwölf.”

Da ist alles anders als nachts in der Gaststätte. Viel rascher geht alles. Zuerst klingeln, dann telephonieren, um doppelt sicher zu sein, daß niemand da ist. Woanders klingeln und rauf ins Treppenhaus. Und dann nichts wie rein in die Wohnung.

Denn je komplizierter die Türschlösser werden, desto einfacher wird die Methode, sie zu knacken. Kein Dietrich mehr, keine Zange, meist auch kein Schraubenzieher. Mit einem einzigen schnellen, harten Fußtritt auf das Schloß sprengt Marcel die Tür auf. Bruno hält derweil den Knauf fest: “Damit die Tür nicht durch die ganze Wohnung fliegt.”

Das kracht. Aber es kracht zu dieser Tageszeit erstaunlich harmlos. Die Methode hat sich so bewährt, daß man jetzt auf kölsch bei Wohnungen gar nicht mehr “stele jon” sagt, sondern “tritte jon” (treten gehen).

Zuerst den Schmuck aus dem Schrank im Schlafzimmer. “Wäsche raus, zackzack, ah, da liegt schon dat Kassettchen.” Dann in der Küche das Bargeld. Dann im Wohnzimmer die Briefmarken- und die Münzsammlung. Und dann nichts wie raus. Raus sein ist das höchste der Gefühle. “Wenn du wieder im Auto bist”, sagt Bruno, “dann is et jut.”

Zwei “Spetzbove” sind Bruno und Marcel, zwei kölsche Diebe. Aber Berufsverbrecher sind sie nicht.

Bruno zum Beispiel geht zwischendurch immer wieder mal arbeiten. Die blaue Hose steht ihm gut. Er verdient dann auch gut. Wenn Bruno zupackt, packt er zu. Leider hat der Fleiß nie lang gedauert. Obwohl er selber ernsthaft glaubt, er habe “eigentlich immer” gearbeitet. Er war nur “momentan arbeitslos”.

“Momentan arbeitslos sind die leider alle”, seufzt der Kölner Jugendrichter Karl Heinz Dries. “Momentan arbeitslos”, sagt der Kölner Richter Hans Gerd Neu, “sind von zehn Dieben neun.” Was heißt in Köln “momentan arbeitslos”?

Als die Franzosen 1794 die vergammelte Reichsstadt eroberten, waren sie entsetzt: Ein Drittel der Kölner waren “Bettler”. Asoziale im heutigen Wortsinn waren das nicht. Sie lebten von den Pilgern um den Dreikönigsschrein im Dom und von unzähligen Klöstern, Mal bettelten sie, mal stahlen sie. Ihr Verhältnis zur Arbeit war gebrochen. Aber nicht ihr Selbstbewußtsein. Sie lebten “janz jut”.

Schau mal, wie Bruno spricht. Er spricht ein kräftiges, altes, unerhört schönes Kölsch,

Und aus seinen Gebärden spricht ein fabelhaftes Selbstbewußtsein. Die Frauen mögen ihn heiß. Auch Bruno lebt "janz jut".

Nach den Franzosen kamen die Preußen. Beim Versuch, die Kölschen zur Arbeit anzuhalten, waren sie ein bißchen erfolgreicher. Aber sehr erfolgreich auch nicht. Als dann im Jahre 1881 die Stadtmauer geschleift und Köln, viel zu spät und viel zu hastig, eine große Industriestadt wurde, wandelte sich das alte kölsche Bettler-Proletariat in eine breite Schicht von undisziplinierten Gelegenheitsarbeitern. Mal arbeiteten sie, mal stahlen sie. Und lebten dabei "janz jut".

Gut, auf Brunos Bude sieht es ein bißchen "sozial gefährdet" aus, Videokassetten, Koteletts, Unterhosen, Brecheisen, Bierflaschen, alles durcheinander. Aber auf seiner Bude lebt er ja kaum. Er lebt an Theken und Billardtischen. In kölschen Kneipen lebt er, in denen eine Stimmung herrscht, da glaubst du dich in New Orleans.

Ein "Asozialer"? Geh mal abends mit Bruno durch sein "Veedel" (Stadtviertel). Wie viele ihn da grüßen. Nicht nur die bösen Buben und die lieben Mädchen. Ganz manierliche alte Ehepaare bleiben auf der Straße stehen, umarmen und küssen ihn: "Bruno, lieve Jong!"

Das ist das alte kölsche Tünnes-und-Schäl-Proletariat, in Ehrenfeld und Nippes, in der Südstadt und in Zollstock, am Eigelstein und drüben in Kalk. Eine Weile sind diese Leute gar nicht mehr so aufgefallen, damals, in jenen Wirtschaftswunder-Jahren, als selbst in Köln geschuftet wurde, als wäre es Stuttgart oder Braunschweig. Die Zeit ist Gott sei Dank vorbei. Längst vorbei. In Köln wird wieder gestohlen wie in alten Zeiten.

Mit 13 hat Bruno damit angefangen. "Da ging ich eigentlich", sagt er ganz sanft, "nit meh op de Schol." Mit einem geklauten Fahrrad fing es an. Sie waren zu sechst. Tagsüber sind sie durch Kaufhäuser gestreift und nachts durch Gartenkolonien. Auch Kioske gingen sie "ophebele". Bruno war der King. Aber Vorkenntnisse hatte er so wenig wie die andern. Ein Wunder, daß sie nicht erwischt worden sind.

Nimm dir mal einen freien Vormittag, und fahr hinaus an die Luxemburger Straße zum Kölner Gericht.

Setz dich hinein in so ein paar Anfänger-Prozesse, Da stehen dir die Haare zu Berge.

Da haben zwei eine Kawasaki gestohlen. Aber direkt aus der Tiefgarage vis-à-vis. Und haben sie dann auch noch bei sich zu Hause abgestellt. Zwei andere haben eine halbe

Stunde an einem Tor herumgebrasselt. "Wir hatten", entschuldigen sie sich beim Richter, "den Schraubenzieher vergessen." Da haben andere zu dritt ein Auto geklaut, später einen Kiosk aufgehebelt und sind dann, 100 Meter vom Tatort, liegengeblieben. Der Sprit war alle.

Nicht die Bosheit wird vor Kölner Gerichten bestraft, sondern die Dummheit. So stümperhaft, so sorglos, so fahrlässig probiert's "dat Jungvolk" einfach mal. Wie Bruno damals auch. "Ermahnung", "Verwarnung". "Freizeitarrest": Das macht nicht viel Eindruck. Aber dann kommen auch schon, von einem weisen Jugendrichter verhängt, die ersten sechs Wochen U-Haft. Das wirkt Wunder. Sehr viele lassen es dann sein. Denn viele sind berufen, wenige aber auserwählt.

Erfolgreicher noch als die Justiz ist eine zweite Tugendmacht. Das ist die Macht der Liebe. Kölns legendärer Schutzpolizist, Jörg Pählgrimm von der Wache in Bocklemünd, hat es einmal so gesagt: "Wenn ich sehe, daß der Händchen hält, dann weiß ich schon: Jetzt macht der keinen Mist."

Wenn er nicht arbeiten geht, sondern "treten", merkt sie das bald. In Panik gerät sie deshalb nicht. Aber sie sagt ihm auf den Kopf zu, daß er "Dommheite" macht. "Dummheiten, die sich gar nicht lohnen." Unter Umständen geht sie sogar ein paarmal mit. Aber nur, damit er"'nicht noch größere Dummheiten macht".

Unter 4660 Einbrechern, die die Kölner Polizei in einem Jahr erwischt hat, waren nur 204 Mädchen. Und die standen auch nur Schmiere. Keine Spur von Bonnie und Clyde. Nach einer Weile hat sie seine "Dummheiten" dann satt und stellt ihn vor die Wahl. Wohl jeder zweite entscheidet sich fürs Heiraten und somit für die Arbeit. Das ewig Weibliche zieht ihn hinan. In der Sprache des Jugendrichters Dries: "Die stabilisierende Funktion der Mädchen kann gar nicht hoch genug eingeschätzt werden."

Auch Bruno war zwei Jahre lang "stabilisiert". Aus dieser Ehe mit einer Verkäuferin hat er einen Sohn. Dann hat er die Frau wieder verloren. "Wenn du weißt, für wen du arbeitest", sagt er mit der weichen Wehmut der Kölschen, "dann arbeids de jään (gern)."

Justiz und Ehe: Dank diesem doppelten Numerus clausus sieht die Kölner Spitzbuben-Statistik aus wie der Eiffelturm in Paris: Unten, bei den 16 bis 18jährigen ganz breit, mit 21 sich verjüngend und dann ganz schmal und steil aufsteigend bis Anfang Dreißig. “Die Leute”, seufzt Bruno, “werden weniger.”

Dafür sind es die Besseren, die den doppelten Numerus clausus überstehen. Die Erfahreneren. Gestandene Spitzbuben wie Bruno. Gegen sie hülfe nur eine stadtkundige, stadtverbundene Schutzpolizei. Die gibt es in Köln nicht. Aus einem einfachen Grund: Ein Kölner wird alles, nur nicht Polizist.

In Brunos eigenem Revier ist nicht einmal einer von zehn Polizisten ein Kölner. In allen Streifenwagen sitzen die gleichen biederen Knaben aus dem Sauerland und aus Westfalen. Durchschnittlich sind sie 23 Jahre alt. Nach der Polizeischule hat man sie zwangsweise erst mal nach Köln geschickt. Sie verstehen die Sprache dieser Stadt so wenig wie ihre Mentalität. Sie stellen zum Beispiel Strafanzeige wegen Beamtenbeleidigung, wo gar niemand sie beleidigen wollte. Denn “Du Aaschloch!” ist aus kölschem Mund ein Kompliment.

Verdrossen durchfährt diese westfälische Besatzungsmacht im Streifenwagen eine rheinische Großstadt, deren italienische Lebensart sie nicht versteht und nicht liebt. Die Anfänger schnappt sie manchmal, die Stümper. Aber einem echten, gestandenen kölschen Spitzbuben ist sie nicht gewachsen. Wenn so einer geschnappt wird, dann ist das reiner Zufall.

Kommissar Zufall ist von Beruf Hausfrau. Im subtropischen Klima der Kölner Bucht leidet sie an Kreislaufschwäche. Da kannst du dann telephonieren und klingeln, soviel du willst, um sicher zu sein, daß niemand da ist. Die reagiert einfach nicht. Plötzlich stehst du ihr gegenüber. Mitten m der Wohnung. Noch in der Erinnerung zuckt Bruno zusammen: "Dä Schräck!" Und die brave Polizei eilt, wie gewöhnlich, schnell herbei. Mehr als einen von der Bande kriegt sie selten am Wickel. Aber das genügt. Brunos Gesicht wird düster: "Wenn die *einen* haben, dann hängen zwanzig Jungs drin." Brunos Stimme wird schicksalsschwer: "Ich hatt ene Kumpel ... " So eine ruhige Hand hatte der. Mit dem konntest du alles machen. Auf den war Verlaß.

Und dann haben sie ihn "jekräje" (gekriegt). Und dann hat er gesungen. Mehr als zwanzig Jungs hingen drin. "Auf keinen kannst du dich verlassen", sagt Bruno bitter, "auf gar keinen." Vielleicht auch auf Bruno nicht.

Die Kölschen können den Mund nicht halten. Bei der Kripo auf dem Waidmarkt packen sie alle aus. Auspacken lohnt sich ja auch. So ein "Lebensjeständnis" wertet das

Gericht als Ausdruck der Reue. Selbst beim zweiten und beim dritten “Lebensjeständnis” gibt es immer noch einen hohen “Mengenrabatt”.

Trotz allem Mengenrabatt hat Bruno nun doch schon insgesamt sechs Jahre gesessen. Er spricht nicht gern davon. Das neue Gefängnis in Ossendorf liebt er nicht: “Da ist alles so steril.” Viel schöner war der alte Klingelpütz: “Da konntest du die Wand mit der Mütze durchschlagen.”

Und dann bist du dreißig. “Mit dreißig, fünfunddreißig endet die Karriere”, sagt Gerd Schulz, einer der erfahrensten Kölner Kripobeamten. “Wenn sie vierzig sind”, sagt Richter Neu, “sehe ich sie nicht mehr.”

Bruno ist 31. Noch ist er wendig. Aber er ist doch schon 80 Kilo schwer. Wo es geht, läßt er den Marcel voraussteigen. Durch manches Kellerfenster kommt er nicht mehr. Und manchmal verzerrt sich jäh sein Gesicht. Dann zieht er aus der Jackentasche ein Fläschlein und ein Löffelchen: “Meine Magentropfen!” Über dreißig hast du zu so etwas die Nerven nicht mehr. Bruno muß aufhören. Was soll aus Bruno werden?

Es gibt den Fall des kleinen Diebes, der, wenn er über dreißig ist, zum Stadtstreicher absäuft. Es gibt sogar den einstmals international gesuchten Geldschränker, der jetzt in einer Kölner Mansarde trostlos und einsam vor sich hinstarrt. Aber die Regel ist so etwas nicht. Die Regel ist, daß es dem janz jut jeht.

Selbst weniger Begabte leben im Ruhestand nicht von der Sozialhilfe allein. Sie machen sich ein bißchen nützlich. Als Kundschafter für die aktive Spitzbuben-Generation, Auch im weiten Umfeld der Prostitution ist so manches "Lappöhrchen" (diskrete Zubrot) zu verdienen.

Die meisten tun etwas anderes. "So ene Typ an de vierzig", sagt Marcel, "dä hät jet an de Fööss." Bruno übersetzt: "Dä hät e Jeschääff (Geschäft)."

In diesem Sinn entwickelt Bruno neuerdings ein intensives Liebesieben. Zärtlich widmet er sich einer geschiedenen Verkäuferin, die nächstens die Wirtschaft ihrer Eltern übernehmen will. Marcel redet ihm zu: "Ich würd dat maache. Ehrlich. Du in dingem (deinem) Allter."

"Dat Jeschääff" kann eine Gaststätte sein oder eine Sauna. Oder eine von den unzähligen Klitschen an den Kölner Bahndämmen. "Dat Jeschääff" ist auf jeden Fall der Zugang zur untersten Schicht des Kölner Klüngels. Und du ärgerst dich über den Kölner Klüngel nur, solange du nicht drin bist. "Wenn du drin bist", sagt Bruno B., "dann is et jut."

Noch zögert er. Aber stärkeren Eindruck, als Marcels gute Worte hat ihm ein Erlebnis im vergangenen Winter gemacht. Das war etwas südlich von Köln. Auf den Zinnen eines Supermarkts haben die beiden gestanden, als plötzlich ein Scheinwerfer aufflammte: "Halt! Polizei!"

Sofort haben beide "Jummi jejove" (Gummi gegeben, sind abgehauen). Marcel entkam wie der Blitz. Aber Bruno war nicht mehr so schnell. "Schmier (Polizei) von da. Schmier von da. Schmier von da." In höchster Not warf er sich in einen Wassergraben.

Gespenstisch glitten die Scheinwerfer über ihn hinweg. Erwischt haben sie ihn nicht. Starr vor Nässe und vor Kälte hat Bruno sein Kölsches De profundis gebetet: "Lieve Jott, laß mich noch eimol davunkumme. Ich jon im Leve nie meh stele."

Die Nacht, in der die Wölfe kamen

Die Nacht, in der die Wolfe kamen, brach anders an als jede Nacht zuvor. Von Süden her, aus den Palmenhainen der marokkanischen Sahara, war ich durchs Imdrhas-Tal hinaufgefahren in den Hohen Atlas. Das ist die Piste, vor der DuMonts Reiseführer für Marokko dringend warnt: "kaum befahrbar". Ich lese vor jeder Reise DuMonts Führer (Motto"Richtig reisen"). Und dann tue ich das Gegenteil.

Zuerst noch, in der tiefen Schlucht, ein schmales Band von grünen Gärten. Mitten in der Wüste machen hier Störche Jagd auf Frösche und Schlangen. Darüber, so übersinnlich schön in die Felsen geklebt, als wären es Filmkulissen, die Türme und Zinnen der Kasbahs. Aus manchen dieser Lehmburgen ragen zuoberst die Fühler einer Fernsehantenne. Aber das stört das Bild nicht. Im Gegenteil, es vollendet den Eindruck mondsüchtiger Unwirklichkeit.

Auf halber Höhe plötzlich ein weites, sanftes Hochtal. Umrahmt von Bergen, die der Zuckerbäcker mit dem Schneebesen, geschlagen hat: links Berge in der Farbe von Mousse au chocolat, rechts Berge wie Crème de caramel. Dazwischen eine olivgrüne Weide und ein Brunnen. Davor ein Bild wie aus der Bibel: eine Schafherde, fünf schwarzverhüllte Frauen beim Wasserschöpfen und ein Patriarch im weißen wallenden Mantel.

Und dann der höchste Atlas. Eine Landschaft wie aus Dantes Hölle. Von grandioser Trostlosigkeit, Wüste und Hochgebirge in einem. Und in jeder Hinsicht das reine Gegenteil der Alpen.

Wenn man durch die Schweizer Berge zieht, kommt einem alle fünf Minuten ein Eidgenosse entgegengewandert und sagt "Grüetzigrüetzi". Das macht aber nichts. Dieses "Grüetzigrüetzi" paßt dort in die Landschaft. Die Berge der Alpen sind ja stets majestätisch und idyllisch zugleich. In den Hohen Atlas paßt kein Grüetzigrüetzi und keine Jodelei. Nicht majestätisch ist dieses Gebirge, sondern theatralisch, nicht idyllisch, sondern erotisch.

Ein Weibsbild müßte man sein, um Worte zu finden für alle die roten Farbnuancen der nackten Wüstenberge. Aber ein Weibsbild, das sein ganzes Leben vor dem Schminktisch gestanden hat. Vom Indischrosa bis Karmin lockt der Atlas in allen Farbtönen des Lippenstifts.

Dazu das gleißende afrikanische Licht, das die Berge ausleuchtet wie Scheinwerfer eine Bühne. Am Horizont ein halbes Dutzend Bergketten, wie aus Karton geschnitten. Die vorderste Bergkette noch dunkel, die hinterste so hell und durchsichtig, fast wie der Himmel selbst.

Acht Stunden fuhr ich schon bergan auf schwierigster Piste. Daß ich immer weiterfuhr, lag weniger am eigenen Beschluß als an der unaufhaltsamen Dynamik meines Gefährts. Fuhr ich doch der Welt bebendesten Geländewagen. Nämlich einen ganz gewöhnlichen R4. "Skorpion der Wüste" nennen ihn die Marokkaner.

Zuerst war da noch eine Art Maultierpfad. Dann ging es eine ganze Weile durch ein ausgetrocknetes Bachbett. Hier oben war die Wüste bedeckt mit einem arktischen Schimmer von grünem Moos. Und doch war sie so schaurig und so düster, als wäre sie entsprungen aus Friedrich Schillers pathetischer Phantasie: "Durch der Surennen furchtbares Gebirge, wo nur der heisre Lämmergeier krächzt … "

Vorsichtig spähte ich durchs Seitenfenster, ob wohl schon Schillers Lämmergeier über meinem Auto kreiste. Und ich hielt einen Augenblick an. Nicht eine Vogelstimme. Lautlos nur segelte eine Taube den felsigen Abgrund entlang.

Dann kamen die Krähen. Viel größere Krähen als bei uns. Ein ganzer Schwarm senkte sich über mich. Als wäre ich Mackie Messer auf dem Weg zum Galgen: "Und die zuviel gesehn und mehr begehrt, die Augen hacken uns die Raben ein."

Ach, hätte ich doch auf DuMonts Reiseführer gehört. Denn es war kein Weg mehr und kein Steg. Vor mir jener Berg, der auf den alten französischen Heereskarten für Marokko als Bou Tifratine verzeichnet ist. Hier war die Welt zu Ende. Und genau an dieser Stelle standen sie.

Drei Hirten vom Berberstamm der Ait Hadiddou. In ihren weißen Wollmänteln, den Stecken in der Hand, auf dem Kopf die Pudelmütze. Und wie aus einem Munde sagten sie: "Bonjour, Monsieur!" Dann fingen sie an zu lachen. Mit breiten Mündern, aus rotgegerbten Gesichtern, lachten sie so heiter und so freundlich, aber auch so schadenfroh und gnadenlos, daß ich auf der Steile an Theodorus Siculus denken mußte.

Der antike Historiker berichtet, daß die Hirten im alten Gallien manchmal aus reiner Langeweile zu Wegelagerern wurden. Tagelang lauerten sie im Gebüsch, bis ein ahnungsloser Wanderer des Weges kam, fesselten ihn, schleppten ihn im Triumph ans Lagerfeuer und ließen ihn erst wieder laufen, wenn er ihnen alles, wirklich alles, was er wußte, erzählt hatte. Im Wegelagern aber, das weiß jeder erfahrene Reisende, sind Marokkos Hirten heute so gut wie einst die Hirten Galliens.

Jetzt trat der Älteste auf mich zu, kramte in seiner Tasche, bat mich, die Hand zu öffnen, und überreichte mir, zur Begrüßung, bedeutungsvoll ein Geschenk. Es waren zwei kleine Walnüsse. Dann zeigte er mit ausgestreckter Hand hinauf zu dem rotgrauen Berg, wo, fast unter der Kuppe schon, der breite Eingang einer Höhle sichtbar war, und fragte in wohlgesetztem Schulfranzösisch: "Thé à la montagne? -Tee auf dem Berg?"

Ich hatte keine Wahl. Der Abend warf schon seine Schatten. Ich packte meinen Schlafsack und ein paar Konserven in den Rucksack, ließ das Auto mitten in der Geröllhalde stehen und stieg mit den drei Hirten zur Höhle empor.

Der Älteste war 18 und hieß Bassou; 16 war der Mittlere und hieß Azelnad; der

Jüngste hieß Chamo und war kaum älter als 12. Französisch konnte nur der Älteste. “Ich bin noch zur Schule gegangen”, erklärte er im Hinaufsteigen, “diese beiden schon nicht mehr. Man geht jetzt nicht mehr zur Schule. Weißt du das?”

Es ist in Marokko mit der Schule ähnlich wie bei uns mit der Uni, In den siebziger Jahren waren alle davon begeistert. Bis in die höchsten Felsennester im Rif und im Atlas baute der marokkanische Staat kleine vorfabrizierte Zwergschulen, mit einem Lehrer für Arabisch und einem für Französisch. Und die Eltern drängten ihre Kinder nur so hin.

Das ist vorbei. “Du gibst doch zu”, fuhr Bassou fort, “daß es nur einen Sinn hat, zur Schule zu gehen, wenn man nachher auch wirklich eine Stelle als Beamter bekommt.” Der Staat muß sparen, alle Beamtenstellen sind besetzt, und so ist es mit dem Bildungsglauben wieder vorbei. “Man wird jetzt wieder Hirtenknabe”, sagte Bassou wichtig, “Ganz Marokko ist wieder voll von Hirten.”

Im Kalkgebirge des Atlas gibt es abertausend Höhlen, in denen die wandernden Schäfer jeweils ein paar Nächte zubringen. Jede Höhle ist anders. Manche ist so finster und so eng, so schmuddelig und verrußt, daß man sich schaudernd zurückversetzt fühlt in die Steinzeit. Diese hier war königlich. Wie Churchill und Roosevelt 1943 auf der Konferenz von Casablanca, so sahen wir hinab auf die ganze Welt.

Im Innern war die vorgeschichtliche Höhle mit Steinwällen ziemlich ähnlich aufgeteilt wie bei uns eine Dreieinhalb-Zimmer-Wohnung. Den meisten Raum beanspruchte eine große Stube für die Herde, die aus 92 Schafen und ein paar Ziegen bestand. Für die jüngsten Lämmer gab es ein extra Kinderzimmerchen. Daran schloß sich, weiter oben, das Schlafzimmer der Hirten an. Zuoberst aber lag ein kleiner runder Raum, eine Art Kanzel, von der aus man alles übersehen konnte: die Höhle selbst und das ganze Sternenzelt über Marokko. Das war die Teestube. "Schnell", drängte Bassou, "gehen wir gleich da hinauf. Sonst kommt der Ziegenbock. Der alte Ziegenbock will immer dabeisein, wenn wir diskutieren."

Oben machte Azelnad aus Wurzeln und Dornen ein kleines Feuer, das rasch aufloderte und verglomm. In die zusammengesunkene Glut setzte er das Teekesselchen, schlug einen mächtigen Brocken Zucker vom Stock und gab ihn, zusammen mit Schwarztee und frischer Pfefferminze, ins siedende Wasser,

Nun zogen alle drei die Zipfelmützen ihrer Mäntel tief über die Pudelmützen in die Stirn. Ein bißcheri kam ich mir vor wie König Hassan bei der Parlamentseröffnung in Rabat, wenn alle Abgeordneten – aus Respekt vor Seiner Majestät – tief unter ihren Kapuzen verschwinden. Bassou aber hub an und übersetzte, voll gespannter Erwartung, die erste Frage: “Sag, ist bei euch in Deutschland das Heiraten auch so teuer?”

“Nein”, antwortete ich, “das Heiraten nicht. Aber das Scheiden. Wenn du bei uns nur zwei oder drei Frauen gehabt hast und mit jeder nur zwei oder drei Kinder, dann bist du ruiniert. Bis auf dein letztes Stündlein saugen sie dich nach der Scheidung aus.”

Betroffen hörten die drei jungen Berber zu. Bassou schüttelte den Kopf: “Bei uns ist es umgekehrt. Scheiden ist billig. Drum läßt sich ja auch jeder mindestens dreimal scheiden, die meisten fünf- oder sechsmal, manche zwanzigmal, darauf kommt's nicht an. Teuer ist das Heiraten, und zwar beim erstenmal. Nachher wird's dann billiger.”

Bassou deutete auf Azelnad: “Sein Bruder ist der letzte in unserem Dorf, der noch geheiratet hat. Nach zwei Tagen schon ist sie ihm wieder weggelaufen.” Azelnad nickte bedrückt. Fast immer geht das bei der ersten Heirat so. Nach ein paar Tagen, nach ein paar

Wochen spätestens, läuft sie weg. Und zwar ganz klassisch zur Mutter zurück.

Beim ersten Hochzeitsfest liegt den Bermädchen nämlich nicht viel am Mann. Auf den Hut kommt es ihnen an. Auf den spitzen, reich geschmückten Ehehut, den sie in der Hochzeitsnacht bekommen. Dieser Hut weist sie vor dem ganzen Stamm aus als verheiratete und somit – das ist das gleiche – erwachsene Frau. Sobald sie diesen Ehehut besitzt, hat die Frau nach den alten Sitten des Stammes der Ait Hadiddou das Erwachsenenrecht, sich den nächsten Mann selbst auszusuchen. Das läßt sich kaum eine nehmen. Der erste Mann war ja, weil sie noch als Kind galt, von der Familie ausgesucht.

Selbst ich, ein Europäer, habe es in den Dörfern des Hohen Atlas oft erlebt, wie die jungverheirateten Frauen geschminkt und geputzt am Brunnen saßen und mich herbeilockten. Lachend mit gekrümmtem Einger: “Discuter mariage – komm, Heirat diskutieren!” Und auf meinen Einwand, daß ich schon eine Frau hätte: “Macht nichts. Nimm zwei!”

Beim zweitenmal ist’s ja auch viel billiger. Es wird nur noch eine Nacht gefeiert. Später entfallen die Lustbarkeiten ganz. Meist ist die junge Frau schon zum dritten- oder viertenmal fröhlich verheiratet, während ihr sitzengelassener Erster noch immer seine Schafe verzweifelt über alle Berge treibt, um die Schulden für die erste Hochzeit zu bezahlen. So weit sei es jetzt gekommen, fuhr Bassou düster fort, daß 50 junge Männer in einem Dorf bei Agoudal eine Verzweiflungstat begangen hätten. Die 50 lang angestauten Erst-Ehe-Kandidaten hätten alle auf einmal geheiratet, am selben Tag. Denn zu 50 Feiern, so hofften sie, kämen nicht viel mehr Gäste als zu einer. Entsprechend würden sich die Kosten teilen.

Irrtum. Die Nachricht von der Superhochzeit im Atlas verbreitete sich wie ein Lauffeuer durch Marokko. Es wurde das rauschendste Fest aller Zeiten. Und das teuerste.

Der Mond ist aufgegangen. Er, von dem Chesterton gesagt hat, daß er der Patron allen Unsinns sei. So hell schien er herab auf unser deutsch-marokkanisches Gespräch von Mann zu Mann, daß ich Bassous Erzählungen ohne Taschenlampe aufschreiben konnte.

Aber das deutsche Wort “Mond” in seiner neblichten Milde paßt überhaupt nicht in den Atlas. In der ganzen europäischen Literatur gibt es nur einen Dichter, der den Mond so feiert, wie er über Marokko steht. Das ist Paul Claudel: “O Mond, strahlendes Gestirn!”

Azelnad nutzte das Licht, um Brot zu

backen. Ohne Hefe, nur aus Roggenmehl, Wasser und Salz knetete er den Teig, stocherte dann aus der Glut einen großen, runden, rotglühenden Stein, schlug blitzschnell den Teig darum und legte ihn in die Glut zurück. So wurde das Brot von innen und außen krustig gebacken.

“Es gibt nur eine Lösung”, fuhr Bassou fort. “Keiner darf mehr heiraten. Das ist das einzige, was unsere Mädchen zur Vernunft bringt, ein Heiratsstreik der Männer. Aber im Fernsehen, damit die ganze Welt es sieht. Voriges Jahr in Imilchil hat es schon fast geklappt.”

Der Heiratsmarkt der Berber in Imilchil ist Marokkos farbigstes Ereignis. Im September letzten Jahres waren die Touristen bereits alle angekarrt aus Agadir, eingeflogen von den Kanarischen Inseln, da merkte der Standesbeamte von Imilchil, daß wohl eine Menge Scheidungen bevorstanden, aber keine Hochzeit. Nicht ein einziger junger Berber hatte sich bei ihm, wie erforderlich, als Bräutigam für den Heiratsmarkt angemeldet.

Um das touristische Fiasko in letzter Stunde abzuwenden,ließ der Provinzgouverneur von Er-Rachidia in allen Dörfern Prämien ausrufen: 750 Dirham für den ersten, der es doch noch wagte, 100 Dirham für den letzten,

So kamen zum Schluß doch noch 14 Heiratskandidaten zusammen. "Die letzten 14 Dummen", sagte Bassou finster. "Dieses Jahr heiratet kein einziger mehr."

Der Mond hatte sich wieder bedeckt. Etwas machte mir angst. Nicht weit unterhalb der Höhle, so schien mir, bewegten sich glühende Zigarettenstummel. Allerdings bewegten sie sich anders als sonst Zigaretten in der Hand von Menschen. Viel fahriger. Böse Geschichten gingen mir durch den Kopf. Von Hirten im Atlas, die andere Hirten im Dunkeln überfallen und ausplündern. Das ist schon oft vorgekommen. Beklommen wies ich meine Freunde darauf hin.

Bassou übersetzte, und alle drei lachten mich aus: "Das sind nur Taschenlampen, kilometerweit von hier entfernt. Es sind Hirten, die diskutieren gehen. Von einer Höhle zur ändern." Tatsächlich pflegt sich das europäische Auge im Atlas in den Entfernungen maßlos zu verschätzen.

In diesem Augenblick brach in der Höhle die Hölle los. Der alte Ziegenbock kam mit gewaltigem Satz über die Hürde gesprungen und stemmte sich, wie ein Irrer schreiend, an unserer Teestube hoch. Im Nu stand Chamo auf der Brüstung und richtete seine Taschenlampe den Berg hinab.

Da sahen wir sie. Drei Wölfe. Im Augenblick, als der Lichtkegel der Taschenlampe sie traf, heulten sie los.

Es gibt auf der Welt nichts Unerträglicheres als Wolfsgeheul. Grausige Erbarmungslosigkeit spricht daraus. Aber auch ein abgründiger Jammer. Es ist kein Triumphgesang. Der ganze Jammer der Bosheit spricht aus dem Wolfsgeheul.

Bassou faßte sich als erster. “Der Wolf ist da”, sagte er tonlos. “Weil wir zuviel geschwatzt haben. Immer, wenn man zuviel schwatzt, kommt der Wolf und holt das Lamm.”

Mir kam es anders vor. Ich hatte ein paar Dosen Sardinen zum Abendessen beigesteuert. Nach alter Hirtenart hatte Chamo die leeren Büchsen wild ins Gelände geschleudert. Der Geruch des Fischöls hatte wohl die Wölfe angelockt. Vielleicht wollten sie nur Konservendosen ausschlecken.

Vielleicht waren es auch gar keine Wölfe. Mir war aufgefallen, daß die Hirten unter sich von “Ouchen” sprachen. Dieses Wort gebrauchen die Berber manchmal für den Wolf, manchmal aber auch für den Schakal. Ich teilte Bassou meine Zweifel mit.

Da mußte ich aber erleben, was es heißt, das Wort eines maghrebinischen Gastgebers in Zweifel zu ziehen. “Ich heiße doch Ouchen zum Familiennamen”, fuhr Bassou mich an. “Ich werde wohl wissen, ob wir Familie Wolf sind oder Familie Schakal.”

Während wir noch miteinander stritten, drehten sich die Wölfe langsam ab und trabten weg. Aber gerade die Art, wie sie in der Finsternis verschwanden, erfüllte mich mit Entsetzen. In der Bewegung der mageren Lenden lag etwas unnachgiebig Feindseliges. “Wir werden keine Ruhe mehr haben”, sagte Bassou. “Alle halbe Stunde werden sie wiederkommen.”

Beim fünftenmal wurde die Lage unhaltbar. Nur mit großer Not gelang es dem Hund noch einmal, die Schafe davon abzuhalten, aus der Hürde zu brechen und sich den Wölfen stracks in den Rachen zu stürzen.

Etwas mußte geschehen. Dieser Ansicht waren auch die drei Hirten. Trotzdem überraschte mich ihr Beschluß. “Mit dem Wolf”, übersetzte Bassou, “muß gesprochen werden.” Er redete jetzt mit jener weichen Erregung auf mich ein, die bei den Berbern meist großen Ärger verheißt: “Du hast am meisten diskutiert. Du mußt mit dem Wolf reden.”

Ich zögerte sehr. Das einzige historische Vorbild für so ein Gespräch von Mann zu

Wolf ist meines Wissens der heilige Franz von Assisi: "Bruder Wolf . . . "

Der kleine Chamo war wieder schneller von Begriff. Obwohl er gar nicht Französisch konnte, merkte er, daß wir uns sprachlich mißverstanden. Zum Zeichen für das, was "mit dem Wolf reden" bedeutete, stellte er sich neben Bassou und steckte beide Finger in den Mund. Aha, Pfeifen! Natürlich, das ist die einzige Sprache, die der Wolf versteht. Pfeifen kann ich. Ich pfiff mit Leib und Seele. Not lehrt pfeifen. Chamo pfiff mit.

Sei es, daß das Ohr des Wolfes zu musikalisch ist, um menschliches Pfeifen lange auszuhalten, sei es, daß inzwischen alle Sardinendosen leergeleckt waren, auf jeden Fall zogen die drei Wölfe mitten in der Vorstellung ab. Sie kamen nicht wieder.

Chamo, Bassou und Azelnad schlüpften unter eine Decke. Bald schliefen sie so paradiesisch wie die Heiligen Drei Könige über dem Portal der Kathedrale von Autun. Die Schafe aber kamen nicht mehr zur Ruhe. Stehend glotzten sie mich allesamt an, die Ereignisse der Nacht endtos wiederkäuend.

Die Sonne war noch nicht aufgegangen, und ich erwartete sie nicht. Wohl gibt es in Marokko großartige Sonnenaufgänge. Aber nicht hier oben im Atlas. Hier ist es nicht besser als in den Alpen: Die Sonne tritt nicht auf, sie geht auf. Strahlend langweilig, als wollte sie sagen: "Ob du mich nun siehst oder nicht, ist mir gleich. Ich gehe sowieso auf." Es lohnt sich nicht, auf so etwas zu warten.

Groß aber ist der Augenblick zuvor. Das allererste Morgenlicht taucht den Atlas in ein erdiges Rot von so verhaltener Wärme und Zärtlichkeit, als wäre das ganze ungeheure Gebirge Marokkos nur erschaffen worden, damit ich in dieser flüchtigen Minute sehe, was Dante meinte, als er schrieb: "Gott ist die höchste Weisheit und die erste Liebe."

Maria aus dem Kohlenpott

Du kannst Maria Mikolaiczak fragen, was du willst. Zuerst erzählt sie dir von ihrem Vater. Das war der Pferdehändler Wilhelm Stöwe aus Haltern in Westfalen. Und es war ein Vater ungeheuer groß.

Noch steht er vor ihr, wie er damals stand vor dem Rathaus von Haltern. Sein Gefährt ging nicht vor und nicht zurück. Und alle Gaffer lachten: Des Pferdehändlers eigener Gaul bockt!

Und dann hat keiner mehr gelacht. Mitten vor dem alten Rathaus zu Haltern in Westfalen zog Wilhelm Stöwe sein langes Messer. Mit einem gewaltigen Hieb schlug er seinem Gaul den Kopf ab. Sah allen Gaffern ins Gesicht und sprach: "Das Pferd muß trecken, oder es muß verrecken."

Seine Tochter Maria ist heute 66 Jahre alt und wohnt in Marl im Ruhrgebiet. Neben ihr sitzt ihr Mann. Er ist 70. Früher war er Bergarbeiter. Er heißt Wladislaus Mikolaiczak. Alle nennen ihn Walek.

Walek kann nicht mehr laut reden. Er hat eine Staublunge und im Kehlkopf Krebs. Aber das ist nicht der Grund, warum er nichts erzählt. Es ist immer so gewesen zwischen den beiden: Walek schweigt, und Maria erzählt.

Manchmal saß sie mit ihrer Mutter in der Küche bis tief in die Nacht, wartend auf den Vater. “Wenn er bei Krabbe um die Ecke bog, hörten wir ihn schon.” Rasch lief die Mutter hinunter und riß das Tor auf. “Der fuhr ja durch das zue Tor, wenn er besoffen war.”

Und dann gab’s nichts als Flucht. Die Mutter floh hinauf aufs Dach, manchmal auch in den Rauch. Da stand sie zwischen Speck und Wurst mit gespreizten Beinen überm Feuer. Unten in der Küche tobte der Vater. “Wo ist das Messer? Ich bringe euch alle um. Mein Messer her!”

Er suchte vergebens. “Mit nackiger Fott war ich kleines Mädchen unters Bett gekrochen und hatte das Messer versteckt.”

Und doch ist Wilhelm Stowe der kleinen Maria ein guter Vater gewesen. “Warum heulst du?” hatte er sie einmal gefragt. Sie war nach der Schule von den Nachbarsjungen geschlagen worden. “Dann schlag zurück mit deiner Schiefertafel!” Aber Maria hatte Angst, daß die Tafel dabei zu Bruch gehen könnte. “Ach was, für jede Schiefertafel, die du einem Jungen überm Kopf kaputt schlägst, zahl ich dir eine neue.”

Wohl hundert Schiefertafeln hat der Pferdehändler Stowe seinem kleinen Mädchen bezahlen müssen. Und jedesmal hat er gelacht.

Je mehr Maria von ihrem Vater erzählt, desto mehr blüht sie auf. Und Walek? Fühlt er sich nicht zurückgesetzt? Nein. Schweigend hört er zu. Er lächelt, er weiß: Schöner als die Geschichte von ihrem Vater ist die Geschichte von seiner Mutter. Aber um keinen Preis wird er sie uns erzählen. Von seinen Kindern haben wir sie erfahren.

Sie war das schönste Mädchen von Skokmoko, einem kleinen Dorf in Kaiser Wilhelms polnischer Provinz Posen. Dort hat sie bei einem preußischen Gutsherrn auf dem Feld gearbeitet. Dafür hatte sie freies Essen den ganzen Sommer lang, dazu im Herbst einen Sack Kartoffeln und einen Sack Korn.

Anno 1908 bekam sie einen Brief aus Marl im Ruhrgebiet. Er schloß mit “Dein Dich liebender Adalbert”. Einen Adalbert kannte sie nicht.

Er war aus dem Nachbardorf und hatte es im Leben zu etwas bringen wollen. Dafür gab es zwei Möglichkeiten: Amerika oder die Ruhr. Die Ruhr lag etwas näher. Auf der neuen Zeche Auguste Viktoria in Mari fuhr der junge Pole Adalbert Mikolaiczak 1906 zum erstenmal in den Schacht. Er hatte jetzt Geld, viel Geld. Vier Mark fünfzig verdiente er am Tag. Wenn er nach der Schicht am Tresen stand und einen ausgab, fühlte Adalbert sich wie ein Gott.

Doch fehlte ihm, was nebst dem Geld im Leben eines Mannes wichtig ist. Deshalb ließ er sich von seinem Bruder zu Hause die Photos der schönsten Mädchen aus der ganzen Gegend schicken. Er hatte ja viel Geld.

Die Schönste war Antonia aus Skokmoko. Ihr schickte er besagten Brief, enthaltend eine Liebeserklärung samt Heiratsantrag, ein Photo von sich selbst sowie ein Billett der Deutschen Reichsbahn Posen-Recklinghausen 3. Klasse, einfache Fahrt.

Mit zwei Kartonschachteln stand sie an einem kalten Wintermorgen auf dem Bahnhof in Recklinghausen. Betreten sah sie sich um. Da war kein Adalbert.

Da stand ein junger Mann im feinen Maßanzug, der dem Foto von Adalbert entfernt glich. Doch war ein Unterschied: Der photographierte Adalbert war sehr hübsch gewesen. Der wirkliche Adalbert war häßlich wie die Nacht.

Jesus und Maria! Wieder zurück von

Recklinghausen nach Posen? Quer durch Kaiser Wilhelms ganzes Reich? Bei der Kälte? Mit den beiden Kartonschachteln? Wieder zurück nach Skokmoko? Da tat Antonia auf dem Bahnhof zu Recklinghausen einen tiefen Seufzer: “Ach was, ich heirate ihn doch.”

Das ist die Ahnengeschichte des Arbeiters Wladislaus Mikolaiczak. Sie ist schöner als die Legenden der polnischen Könige. Warum erzählt Walek sie selber nicht?

Weil er nicht will. Was sein Vater wußte, was alle zugewanderten Arbeiter wissen, das weiß Walek auch: Ein Mann muß arbeiten können. Geld muß er heimbringen. Alles andere zählt nicht. Die großen Gcschichten-Erzähler, die sind wie die großen Geschichten-Macher. Jäh funkelt der Spott in seinen Augen. “Erzähle weiter, Maria”, flüstert er heiser, “erzähle, wie es mit Stöwe ein Ende nahm.”

Es war im schlimmen Jahr 1928. Die kleinen Händler und Handwerker in Haltern wußten nicht mehr ein noch aus. Bei Marias Vater Wilhelm Stöwe kam alles auf einmal zusammen. Zuerst verreckten ihm 20 Pferde auf einen Schlag. Dann bekam “Mac Mahon” Hufkrebs, sein einziges Rennpferd.

Und dann witterte er ein ganz großes Geschäft. Es wird von Wilhelm Stöwe berichtet, daß er manchem westfälischen Bauern die Hosen vom Hintern gezogen hat, ohne daß dieser es merkte. Jetzt aber wollte er sein großes Geschäft nicht mit einem Bauern machen, sondern mit einem anderen Pferdehändler. Unversehens stand Stöwe selber nackten Arsches da.

Wohin? Amerika war weit, die Ruhr war nahe. 1928 zog der bankrotte Pferdehändler von Haltern über die Lippe nach Marl. In der Blücherstraße eröffnete er eine kleine Gaststätte mit eigener Pferdemetzgerei und inserierte in der "Bergarbeiter Zeitung": "Hast du Hunger wie ein Löwe, geh nach Stöwe."

So kam Maria mit 14 Jahren nach Marl. Das ist eine kleine Stadt im Ruhrgebiet, die heute alle Begriffe sprengt. Drei alte westfälische Dorfkerne sind noch da, dazwischengeklotzt die wilhelminischen Zechen mit Arbeitersiedlungen, die noch so seltsam östlich anmuten, als begänne gleich dahinter die Straße nach Kiew. Danebengeklotzt ein riesiges Chemiewerk aus Hermann Görmgs Gründerzeit. Mitten hineingeklotzt der größenwahnsinnige Beton der Gegenwart. Das Ganze längs zerschnitten durch zwei Autobahnen und übers Kreuz zerhackt durch zwei Stadtautobahnen. So etwas gibt's sonst nur in den Industriestädten des amerikanischen Mittelwestens. Aber das düstere wilhelminische Grau und die Schäbigkeit des Sozialbetons aus den fünfziger Jahren erinnern an etwas ganz anderes: Marl, das ist Ohio mit einem Touch von DDR.

Hier war Arbeit. Und es war wie in Ohio: Wo Arbeit ist, sind junge Männer. Dem Mädchen Maria gefiel Marl sehr. Vor allem gefiel ihr einer. Das war der Sohn der Polin vis-à-vis. Ein junger Bergarbeiter war das von unerhörter Kraft. Aber das war nicht, was ihm Marias Herz gewann.

Walek pfiff so schön. Jeden Morgen, wenn er von der Nachtschicht kam, rannte die Tochter des Pferdemetzgers ans Fenster. So schön pfiff er die Melodien aus den ersten Tonfilmen. Wie hätte die 18jährige nein sagen können, als er sie einlud, am Sonntagnachmittag ins Kino "Germania"?

Ein paar Wochen später war Maria weg. Spurlos verschwunden. Endlich bekam er einen nichtssagenden Brief. Sie habe sich alles anders überlegt und sich als Magd verdingt ins Sauerland.

Beim Gedanken an diesen Brief lachte die alte Mutter Maria übers ganze Gesicht. Warum hat sie ihm damals geschrieben? "Ich wußte doch, daß der blöde Hund mir nachlaufen würde, wußte ich doch."

Morgens um drei ist Walek aufs Rad gestiegen. Den ganzen Tag hat er gestrampelt. Es war Abend, als er sie fand: "Sag, Maria, was ist los mit dir?"

Am Fleischerhaken würde er sie aufhängen, hatte der Vater einmal gedroht, wenn sie eine Dummheit machen würde. Jetzt tat der junge Pole für sie den Gang vor den westfälischen Vatergott: "Willem, sie ist schwanger. Von mir." Da hat Wilhelm Stowe, der fürchterliche, freundlich gegrinst: "Dacht' ich's mir doch schon lange. Fahr schleunig wieder hin und bring sie heim."

In seinem Pferdehändler-Verstand hatte Stowe alles bedacht. Wohl schauten die kleinen Handwerker und Händler in Haltern verächtlich herab auf das Heer der fremden Arbeiter drüben in Marl, auf die "Polacken". Aber was hatte der westfälische Dünkel dem Wilhelm Stöwe selbst gebracht? Verarmt saß er jetzt in Marl. Und mußte froh sein, wenn so ein Polack "Hunger hatte wie ein Löwe".

Wieviel besser war der junge Walek dran. Volle zehn Mark verdiente er mit jeder Nachtschicht. Nie brauchte er dem Geld nachzulaufen. Dreimal im Monat bekam er seinen Lohn.

Und ein zweites schien Wilhelm Stöwe wichtig. Wie stand er mit seiner Frau da auf seine alten Tage? Mit Walek dagegen würde

Maria einmal eine Rente haben, gut und sicher. “Nimm ihn”, sprach der Pferdehändler zu seiner Tochter, “er ist der Richtige.”

“Aber Vatter, was für ein Name. Tschacktschack-tschack!” – “Macht nichts, Maria. Gott verläßt den Deutschen nicht, wenn er bissken polnisch spricht.” – “Aber Vatter, er säuft!” – “Macht nichts, Maria. Er säuft auf die rechte Art.”

Derweil tat Walek seinen zweiten schweren Gang. Vor seine Mutter – Vater Adalbert war im Ersten Weltkrieg gefallen – trat er hin: “Es ist die Tochter des Pferdemetzgers von vis-à-vis.”

Da hat sich die kleine Kriegerwitwe Antonia Miko-laiczak in ihren riesigen Pantoffeln ganz streng aufgerichtet. “Zigeuner, Pferdehändler, Arbeiter”, sprach sie. Arbeiter war das beste. Mit einer königlichen Gebärde warf die Polin ihr Kopftuch zurück: “Nicht gut genug für meinen Wladislaus.”

Marias Bauch aber wuchs. Es war jetzt einfach höchste Zeit. 1933 traten zu Marl im Ruhrgebiet zwei Epochen der sozialen Geschichte feierlich vor den Altar. Es huldigte die alte Welt der Bauern der neuen Welt der Industriearbeiter. Es huldigte der Westfale den Polen. Der Pferdehändler Wilhelm Stöwe gab sein schönes Mädchen Maria dem Bergarbeiter Wladislaus Mikolaiczak zur Frau.

Nacheinander kamen vier Söhne und eine Tochter. Vom ersten Kind an war es selbstverständlich, daß Maria zu Hause blieb. Wohl ging sie im Sommer mal einen Tag beim Bauern auf dem Feld arbeiten. Wohl kauft sie heute noch Eier im großen ein und verkauft sie weiter an ihre Nachbarinnen. Aber mehr duldete Walek nicht.

Daran erinnert er sich genau. Kein einziger von seinen Kumpeln im Pütt ließ zu, daß die Frau arbeiten ging. Spätestens wenn das erste Kind da war, blieb sie daheim. “Daß die Frauen arbeiten”, sagt Walek, “das ist erst nach dem Krieg gekommen. Als der Wohlstand kam.”

Aus Polen waren sie gekommen, aus Ostpreußen und aus Schlesien. Die Mutter war alle Heimat, alle Geborgenheit, die ihnen blieb. Die Macht der Mütter war an der Ruhr so groß wie in Amerika. Wie jede echte Macht war auch Marias Macht über ihre Familie durchaus handfester Art. Sie hatte das Geld. Und sie schlug alle blau.

Im Nehmen war sie wie im Geben groß. Zuerst der Vater, später auch die erwachsenen Söhne, sie mußten alles der Mutter abgeben.

Dann machte sie sich voller Lust daran, alles wieder zu verteilen. Für alle einzukaufen.

Das erste, was sie mit dem Reporter vom STERN tat, war dies: Sie steckte ihn in die Badewanne. Denn sie hat ein neues Sprudel-Massage-Gerät gekauft. Fabelhaft das Ding. Und weil keine Kinder mehr da sind, müssen eben alle Besucher erst mal in die Badewanne.

Nie hätte sie es gelitten, daß dem Walek, daß einem ihrer Söhne am Tresen das Kleingeld ausging. "Die ist gut", flüstert Walek, "so gut ist die, die schenkt den eigenen Hintern her."

In ihrer Güte hat Mutter Maria ihre vier Söhne ohne Unterlaß verdroschen. Gemäß der Weisheit König Salomons – Sprüche XXIII, 13 – ist es passiert, daß sie zwei ihrer Söhne, als sie schon Mitte zwanzig waren, bewußtlos schlug,

Der stärkste war Jupp. Ein Bulle war das, ein König am Tresen, einer, der sich um Mitternacht vor dem Heimgehen noch einen kleinen Spaß daraus machte, ganze Kneipen leerzuräumen. Diese Art Heldentum gefiel der Mutter Maria nicht. Eines Nachts blieb sie auf, bis ihr starker Sohn nach Hause kam.

Als Jupp sie durch die offene Tür sah, ging er schon in die Knie. Auf allen vieren kam er in die Küche gekrochen: “Muttimutti, bittebitte nicht schlagen!”

Und dann, tatütata, kam auch schon der Notarztwagen. Mutter Maria hatte ihren stärksten Sohn bewußtlos geschlagen. Mit dem Fleischklopfer.

Schläge gab’s bei der Mutter Maria. Aber es gab kein Nachtragen. Es gab keine seelischen Zustände. Nach jeder Tracht Prügel schüttelten sich die kleinen Mikolaiczaks. Wie junge Katzen schüttelten sie es ab.

Es kam vor, daß Maria nicht schlug. Dann war’s etwas ganz Schlimmes, Ein- oder zweimal nur hat jedes Kind das erlebt: “Geh in den Garten und erzähl dem Vater, was du getan hast.”

Zitternd vor Todesangst schlich das Kind hinaus. Stockend beichtete es dem Vater. Endlich sah er von der Arbeit auf: “Na und?” fragte er gütig, “was ist schon dabei?” Und wandte sich seiner Arbeit wieder zu.

Etwas geheimnisvoll Fremdes war um den Vater. Frühmorgens, wenn er von der Nachtschicht kam, putzte er erst den Ofen. Dann nahm er sich die Schuhe seiner Kinder vor. Und dann ging er die Kleinen wecken. Geheimnisvoll lächelnd führte er sie zu den Schuhen. Da standen sie alle in einer Reihe und in wunderbarem Glanz. “Schaut mal”, sagte er, “die Heinzelmännchen waren da.”

Von seiner Arbeit kein Wort. Noch heute nicht. Wie war das, 800 Meter unter Tage, acht Stunden nachts als Hauer im Gedinge? Zuerst tut er, als ob er die Frage nicht höre. Dann zuckt er mit den Schultern: “Och, das kann man eigentlich gar nicht beschreiben.”

So ist das heute, so ist es immer gewesen: Ein Arbeiter mag über alles reden, über seine Arbeit aber verliert er kein Wort.

Nicht selten gab es schon am frühen Morgen fürchterlichen Ehekrach. Schuld daran war die junge Frau unten im Parterre. Jedesmal, wenn Walek von der Frühschicht kam, stand sie wie zufällig im Flur und putzte Schuhe. Wo sie doch ganz genau wußte, daß Schuheputzen Waleks liebste Freizeitbeschäftigung war. Maria starb vor Eifersucht.

Und da war der Kostgänger. Es gab ihn in den meisten Arbeiterfamilien. Seine “Schlafstelle” brachte ein paar Mark. Auch mochten die Kinder den jungen Mann. Er brachte Abwechslung in die Familie. Manchmal ein bißchen viel Abwechslung.

Maria hat selber die meisten Jahre keinen Kostgänger gehabt. Dafür hatte ihre Mutter einen. Sie wohnte zwei Häuser weiter. “Och”, sagte Maria abends ganz beiläufig, “ich geh noch auf 'n Sprung rüber zu Mutti." Furchtbarer Krach. Aber nie länger als ein paar Stunden. Und nie ein Gedanke an Scheidung, "Die Kinder kamen, wir selber waren jung", sagt Maria, "das war unsere schönste Zeit."

Ein kleines Bethaus steht im Marier Stadtteil Brassen, Etwa 50 Leute sind darin. Vorn steht ein alter Mann. Er redet merkwürdige, schwer begreifbare Dinge. Vom "Stammapostel Streckeisen" kündet er. Er warnt vor den schlimmen Dingen, "die aus dem Zeitgeist sind".

Kein einziger Reicher hört ihm zu, kein Progressiver, kein Gebildeter. Alle, die hier beten, sind aus der Arbeiterklasse. Mitten drin die Mutter Maria. Mächtig singt sie mit, als jetzt im dem kleinen Bethaus zu Ehren des Stammapostels Streckeisen das Lied erklingt: "Die Liebe sei das Zeichen, an dem man euch erkennt."

Vor drei Jahren ist es passiert. Zum Amtsgericht ist sie gefahren. Mit 63 ist Maria ausgetreten aus der katholischen Kirche. Sie ist eingetreten in die Neuapostolische Kirche. Mit Leib und Seele ist sie jetzt dort dabei.

So laut er noch, fluchen kann, flucht m seiner Stube der alte Pole Wladislaus. "Bleib mir vom Hals mit deiner Sekte. Mit deiner Beterei. Ich bete nicht. Ich bleibe katholisch."

Ihre Kinder sagen kein Wort. Aber insgeheim schütteln sie den Kopf. Warum tut die Mutter so etwas?

Auf der Kommode draußen im Flur stehen fünf Quarzuhren, jedem Kind will sie eine schenken. Ihr Prämiensparvertrag ist auch fällig geworden. Jedes Kind bekommt tausend Mark. Noch immer gibt sie viel. Aber sie bekommt nicht mehr viel zurück. Manchmal wird ihr sogar das Geben vergällt.

Vor ein paar Tagen hat Maria einen ihrer vier Söhne besucht. Eine große Tasche voll Kleidchen für die Enkelchen hat sie mitgebracht. Da hat der Sohn zu ihr gesagt: "Mutti, nimm das alles wieder mit. Wir ziehen unsere Kinder anders an."

Wie so ganz anders geht es Maria zweimal in der Woche abends in der Neuapostolischen Gemeinde. "Geschwister", nennen sich alle da, und wie Brüder und Schwestern geben sie sich die Hand. "Wie geht es, Frau Mikolaiczak?" fragt der Vorsteher. "Brauchen Sie irgendeine Hilfe, Frau Mikolaiczak?" fragt der Diakon. Und beide sagen jedesmal sehr aufmerksam und herzlich: "Frau Mikolaiczak, herzlichen Dank."

Sie spendet viel. Sie bekommt auch viel. Braucht ihr Elterngrab Pflege? Ein "Bruder" tut es für sie. Muß sie nach Recklinghausen?

Eine “Schwester” fährt sie hin. Eine verklärte Arbeiterfamilie ist das, die Neuapostolische Gemeinde. Mitten drin, von allen gekannt, geachtet und geliebt, ist sie noch einmal die Mutter.

“Da ist es schön”, sagt Maria Mikolaiczak. Vor allem: “Da wird so schön gesungen.” Wohl sind ihre Beine jetzt so krank, daß sie kaum mehr stehen kann. “Aber noch auf Krücken würde ich da hinhumpeln, so schön ist es da.” Es fällt auf, daß dieser alten Frau im Ruhrgebiet kein Wort so wichtig ist wie das Wort “schön”.

Manchmal, an schönen Sommerabenden, tun Maria und Walek etwas Ungewöhnliches. Sie setzen sich, wenn’s dunkel wird, hinaus auf die Bank vor ihre Parterrewohnung. Zu dieser Stunde wird die häßliche Stadt Marl mit einem Mal schön.

Schau, wie aus tausend Puppenstuben die Fernsehschirme flimmern, als wären’s tausend wunderbare Laternen. Dort die Volkshochschule, da sitzt die brave Jugend und töpfert. Drüben in der Gesamtschule ein letztes progressives Gespräch. Marl liegt im tiefsten Frieden.

Und es ist, wie es damals war, als sie, jung verheiratet, zusammen auf der Bank vor ihrer Wohnung in der Bergarbeitersiedlung saßen, Walek schweigt, Maria erzählt: "Ja, unser Vatter, das war ein ganz Gefährlicher." Die Lunge voll Staub, in der Kehle den Krebs, so hört der alte Pole Wladislaus Mikolaiczak lächelnd zu, wie der wilhelminische Vatertraum seiner deutschen Frau langsam in der Dämmerung verklingt.

Lob der Dummheit

Hell steht der Mond über Harrisburg im Staate Pennsylvania. Der berühmte Atomreaktor drunten im Tal ruht still im Frieden der Nacht.

Doch droben, in dem berühmten College of Medicine, brennt noch ein spätes Licht. Professor Siegfried Streufert forscht. Der Gelehrte, freudestrahlend, zur Illustrierten: "Ich habe etwas herausgefunden, was unzählige Menschen erleichtern wird: Dummheit hat Zukunft."

Streufert kommt aus Bielefeld. Er zählt zu den besten Intelligenzforschern Amerikas. Mit den herkömmlichen Fragebogentests hat er als einer der ersten Schluß gemacht. Wer sich bei Streufert in Harrisburg den Kopf überprüfen läßt, wird acht Stunden lang in ein Laboratorium gesetzt, das mit Apparaturen vollgestopft ist wie ein Raumschiff. "Wir messen", sagt Streufert, "die Fähigkeit, in den unterschiedlichsten Situationen zu merken, was los ist."

Wenn der Dummheit die Zukunft gehört, haben dann allen Ernstes, im Leben und im Beruf, jene von uns die besten Chancen, die gar nicht merken, was los ist? Professor Streufert blickt hinaus in die mondbeglänzte Nacht über den Appalachen. "Was meinen Sie, wie betroffen ich war, als ich bei meinen Forschungen zu diesem Ergebnis kam."

Da war zuerst Streuferts großes Börsenspiel mit Studenten der Universität Princeton. Vor dem Experiment wurde bei allen die Intelligenz gemessen. Dann wurden sie in zwei Gruppen aufgeteilt: die Dummen und die Intelligenten. Hernach bekam jeder hundert Dollar in die Hand gedrückt. Ein ganzes Semester lang durften sie alle an einer simulierten Wertpapierbörse damit spekulieren. Das Ergebnis war bestürzend eindeutig: Die Dummen hatten das ganze Geld. Die Gescheiten waren bankrott.

Je dümmer, desto geschäftstüchtiger? "Ich hatte dieses Ergebnis noch nicht verkraftet", fährt der Gelehrte fort, "als mir die Sache mit dem Herzflattern auffiel." In Streuferts Laboratorium wird bei den Prüflingen, die ganzen acht Stunden über, auch das Herz samt Kreislauf kontrolliert. Bei einer Reihenuntersuchung von Managern fiel dem Professor zum erstenmal auf, daß die intelligenteren stärker an Herzflattern und Herzklopfen leiden, ja überhaupt an den verschiedensten Unregelmäßigkeiten des Herzschlags, auch an Verengungen der Herzkranzgefäße. Zuerst dachte er sich nicht viel dabei, doch dann ging er systematisch an die Sache heran.

In großem Umfang sammelte Streufert Daten über Personen, die es im gleichen Alter gleich weit gebracht hatten, die sich aber in diesem einen Punkt unterschieden: Die einen hatten einen Herzanfall hinter sich, die andern hatten ein gesundes Herz. "Diese beiden Personengruppen baten wir hier ins Labor und untersuchten sie auf ihre Intelligenz." Das Ergebnis ist beklemmend: "Die Dummen sind eindeutig gesünder als die Intelligenten. Das gilt, wie ich inzwischen herausgefunden habe, nicht nur für Herz und Herzkranzgefäße, sondern auch für Magen und Darm."

Professor Streuferts dritte Untersuchung ist so niederschmetternd, daß er kaum darüber reden mag. Auftraggeber war die US-Army. Diese Armee war zur Erkenntnis gelangt, daß es unter ihren hohen Offizieren zu viele Dummköpfe gibt. Professor Streufert bekam den Auftrag, zu untersuchen, woran das liegt.

"Daraufhin", erzählt der Gelehrte, "haben wir in unserem Laboratorium eine große Zahl von Militärs untersucht, und zwar ganz einfache Soldaten ebenso wie sehr hohe Offiziere. Wir stießen auf die überraschende Tatsache, daß die Intelligenz, die oben in der Armee so schmerzlich fehlt, unten durchaus vorhanden ist." Unter den frisch eingezogenen Rekruten nämlich gibt es Intelligente, ja Hochintelligente genug, um alle militärischen Kommandostellen mit erstklassigen Köpfen zu besetzen. Warum dann die vielen dummen Generäle?

In den alleruntersten Karrierestufen, etwa bis zum Oberleutnant, werden die Intelligenten ausgeschieden. Fast alle. Die wenigen Intelligenten, die es bis zum Oberleutnant bringen, steigen nachher glänzend auf – sie sind ja auch, ab dieser Stufe, Mangelware. Die meisten Intelligenten aber bleiben im Kampf um die allerersten Beförderungen hoffnungslos auf der Strecke. Jene hingegen, die nichts hören und nichts sehen, steigen stur und unbeirrt empor. Bis in die höchsten Kommandostellen über Leben und Tod.

"Top secret", sagt Professor Streufert. "Sonst wird noch in der Öffentlichkeit das Vorurteil genährt, Dummheit sei ein besonderes Problem des Militärs." In Wirklichkeit ist es ein Zeichen von Intelligenz, daß die Army immerhin auf die Idee kommt, sich auf ihre Dummheit untersuchen zu lassen, "Andere Berufe", sagt Professor Streufert, "sind sich selbst gegenüber viel blinder. Und somit dümmer."

Die Nacht über Pennsylvania ist sternenklar. Sinnend blickt der Gelehrte empor zum Mond. Denkt er vielleicht an die Politiker? Denkt er an die Kirche? "Nein", sagt er, "ich denke an die Universitätsprofessoren."

Siegfried Streufert ist ein Mensch von erlesener Höflichkeit. Ganz leise nur und durch die Blume erzählt er von seinen Jahren als junger Wissenschaftler an der Universität Bielefeld. Von der sauren Besserwisserei, von der erstickenden Beschränktheit und Schulmeisterei im akademischen Betrieb deutscher Provinz. "Der Mann auf der Straße", sagt er, "macht sich keine Vorstellung, in welchem Maße die Universität ein Hort der Dummheit ist."

Das hat einen Grund. An der Universität muß gedacht werden. Gerade im Denken aber ist der Dumme dem Gescheiten gegenüber weit im Vorteil. "Schauen Sie mal das hier an", sagt Professor Streufert und legt zwei Grafiken auf den Tisch, voll von Linien und Knoten. Die eine zeigt den typischen Denkablauf im Kopf eines Intelligenten, die andere den im Kopf eines Dummen. Der Unterschied fällt ins Auge: Im Kopf des Dummen ist alles viel klarer.

Im Kopf des Dummen führen wenige, dafür kräftige und saubere Linien des Denkens zu den festen Knoten sicherer Schlußfolgerungen und rechtzeitiger Entscheidungen. Im Kopf des Intelligenten dagegen sieht es aus wie in einem Wollknäuel, der einer Katze in die Pfoten gefallen ist. Eine Unzahl von Denklinien verhaspeln sich kreuz und quer ineinander und durcheinander. Schlußfolgerungen werden immer wieder aufgeschoben. Entscheidungen finden gar nicht erst statt. “Können Sie sich vorstellen”, fragt Siegfried Streufert, “wie es im Kopf von Albert Einstein ausgesehen hat?”

Wohl ist Einstein nie im Laboratorium in Harrisburg untersucht worden. Aber es genügt, seine Schriften zu lesen. Einstein hat etwa so wirr gedacht wie ein Hund, der an fünfzig verschiedenen Stellen gräbt, immerzu auf der Suche nach einem einzigen Knochen. “Der normale Universitätsprofessor”, erklärt Professor Streufert, “ist Einstein weit überlegen. Er gräbt sein ganzes Leben lang immerzu nur an einer Stelle. Dafür aber meistens gleich an der richtigen. Weil er dumm ist, gräbt er nämlich dort, wo ein anderer, intelligenterer bereits vorgegraben hat.”

Der Dumme, das ist seine größte Stärke, weiß, worauf es ankommt. “Hat er dann auch noch recht”, sagt Professor Streufert, “was ja nicht selten der Fall ist, dann ist er unschlagbar gut.”

Das ist der Grund, weshalb die Dummheit – schneller als in der Armee, glänzender noch als an der Universität – in einem dritten Beruf Karriere macht: Der Dumme ist der geborene Journalist.

Wer bereits verkabelt ist, mache folgendes Experiment: Er schalte sämtliche Fernsehprogramme durch, achte dabei aber nicht darauf, was gesagt wird, sondern nur auf die Art, wie es gesagt wird. Dann fällt auf, daß – unabhängig vom Gegenstand – durch alle Programme der gleiche Ton herrscht: Äußerst Wichtiges wird von äußerst wichtigen Menschen im Tonfall äußerster Wichtigkeit verkündet. Das ist genau der Ton, zu dem ein intelligenter Mensch von vornherein unfähig ist. Warum? Der Basler Humanist Erasmus von Rotterdam hat es auf eine ganz kurze, klassische Formel gebracht: “Intelligenz macht schüchtern.”

Intelligenz beginnt mit dem Gefühl für die völlige Unwichtigkeit der eigenen Person, für das geringe Gewicht, für die große Zweifelhaftigkeit der eigenen Ansichten. Erasmus belegt es mit zahllosen Beispielen: Intelligenz hat etwas mit Scham zu tun, mit Hemmung.

In keiner Podiumsdiskussion kann sich der Intelligente durchsetzen. In keiner Talkshow käme er auch nur zu Wort. Als Moderator gar würde er jämmerlich versagen. Beim Schreiben potenzieren sich die Schwierigkeiten, die der Intelligente schon beim Reden empfindet. "Ohne Ende", schreibt Erasmus, "quält sich der Gescheite mit Einfügen, Abändern, Ausstreichen, Neuschreiben, Umschreiben, Weglegen und Ratholen; neun Jahre läßt er das Ding still reifen, nie kommt er zu einem Ende." Ganz anders der Dumme: "Er schmiert hin, was in die Feder läuft, wie ihn die Lust überkommt."

Nun ist es die älteste Erfahrung der schreibenden Zunft, daß ein Bericht nicht besser wird, wenn man endlos daran herummurkst. Je länger sich der Intelligente mit Schreiben quält, desto schlechter wird sein Text. Zum Schluß ist er unlesbar.

Ganz anders der Text aus der Feder des Dummen. Weil er so flink und munter geschrieben ist, liest er sich auch lebendig und spannend, ja oft ausgesprochen witzig. "Kommt doch stets das Mieseste am besten an", schreibt Erasmus. "Denn die Mehrheit des Publikums ist eingeschworen auf Dummheit."

Erasmus von Rotterdam hat von 1469 bis 1536 gelebt. Er war der intelligenteste Mann seiner Zeit. Und er wußte nicht ein noch aus. Hilflos sah er sich eingekeilt zwischen die große Dummheit des Papstes und die noch größere Dummheit Martin Luthers. Mit Grausen sah er zurück in die Dummheit des untergehenden Mittelalters. Mit noch größerem Entsetzen sah er – kurz nach der Erfindung des Buchdrucks – die neue Dummheit des Medienzeitalters voraus.

Um sich den Albtraum von der Seele zu lachen, schrieb Erasmus von Rotterdam das "Lob der Dummheit". Es sei kein Zufall, schreibt er, daß die Dummheit in allen Bereichen des Lebens triumphiert. Das liege vielmehr daran, daß sie Anfang und Ursprung allen Lebens sei: "Was meint ihr? Ist es der Kopf, das Gesicht, die Brust, die Hand, das Ohr, kurzum ein sogenanntes edles Körperteil, aus dem das Leben kommt?" Nein, es ist der Penis. "Diesem dümmsten aller Glieder verdanken alle ihr Leben, selbst die Weisen, selbst die dreimal heiligen Päpste."

Aus Dummheit geboren, entwickelt sich das menschliche Leben nur da schöpferisch und kräftig, wo es dem Prinzip Dummheit treu bleibt: "Die Dummheit gründet die Staaten, von ihr lebt jede Obrigkeit, lebt die Kirche, leben Feldherren, Räte und Richter."

So geht das Leben seinem Ziel entgegen. Das ist die ewige Dummheit. Es sei auf jeden Fall höchst auffällig, schreibt Erasmus, daß Jesus im Evangelium "die Seinen, die er zum ewigen Leben bestimmt hat, Schafe nennt". Ist doch das Schaf "laut Aristoteles das allerdümmste Tier". In diesem Zusammenhang, fährt Erasmus unbekümmert fort, sei es auch sehr bedenklich, daß Jesus selber von der Christenheit immerzu als "Lamm Gottes" angerufen werde.

Aber das ist europäische Metaphysik. Professor Streufert hält es mit der amerikanischen Empirie: "Wenn die Dummen wirklich so viel erfolgreicher sind und glücklicher als die Intelligenten", sagt er, "dann muß das daran liegen, daß die Dummen in irgendeinem Sinne besser sind als die Intelligenten. Daß es etwas gibt, was die Intelligenten von ihnen lernen können."

Um dem Erfolg der Dummheit auf die Spur zu kommen, hat Professor Streufert seine früheren Untersuchungen noch einmal von Grund auf neu analysiert. Zum Beispiel das Börsenexperiment mit den Studenten in Princeton, bei dem die Dummen zum Schluß das ganze Geld hatten.

Streufert hatte dieses Börsenspiel von vornherein ganz einfach gestaltet, weil er dachte, daß Studenten mit solchen Geschäften nicht viel Erfahrung haben. In unerwarteter Weise kam das den dummen Studenten zugute. In der Einfachheit ihres Verstands nahmen sie die Spielsituation genauso einfach wahr, wie sie tatsächlich war. Deshalb fällten sie ihre Entscheidungen richtig und rechtzeitig. Die intelligenten Studenten dagegen verloren ihre Zeit damit, Komplikationen zu wittern, über Komplikationen zu spekulieren, die es tatsächlich gar nicht gab. So übersahen sie die nächstliegenden Schlußfolgerungen und kamen nie zu rechtzeitigen Entscheidungen. So gingen die Intelligenten bankrott.

Ähnliche Gründe scheint es zu haben, daß intelligente Manager eher herz- und magenkrank werden als dumme in gleicher Position. Der intelligente Manager hat nämlich eine fatale Neigung, viel zu weit vorauszudenken und sich mit Problemen zu quälen, die sich niemals stellen. Was aber die wirklichen, unmittelbar anstehenden Schwierigkeiten betrifft, so fehlt dem intelligenten Manager oft die "capacity to close" – die Fähigkeit, endlich Schluß zu machen mit Nachdenken und zu handeln. So lebt er, anders als der Dumme, in einer immerwährenden nervösen Spannung. Zum Schluß wird er krank.

Und warum scheidet der intelligente Rekrut im Wettlauf um die allerersten Beförderungen in der Armee vorzeitig aus? Es ist ein bißchen zu leicht und zu billig, der Armee den Vorwurf zu machen, daß sie die glänzende Intelligenz manches Abiturienten nicht auf dem Kasernenhof unverzüglich erkenne und würdige. Vielleicht nämlich ist der intelligente Rekrut selber schuld, daß er nicht weiterkommt. Warum merkt er nicht, daß die ersten Tage in einem neuen Beruf nicht der richtige Augenblick sind, um vor Intelligenz zu sprühen? Daß er besser täte, wie andere nicht so intelligente Rekruten, erst mal den Betrieb in aller Ruhe ein bißchen kennenzulernen?

Alle drei Untersuchungen zeigen im Grunde das gleiche: Der Intelligente verliert gegen den Dummen, weil er seine Intelligenz falsch einsetzt: im falschen Augenblick, an falscher Stelle, mit falscher Intensität – jedenfalls so, daß sie bei der Lebensbewältigung nicht hilft, sondern stört. Besonders in einfachen, übersichtlichen Situationen kommt deshalb jener besser voran, der so wenig Intelligenz hat, daß er sie gar nicht falsch einsetzen kann.

Der Gelehrte senkt die Stimme: “Ich will Ihnen jetzt ein zweites Geheimnis anvertrauen. Gelegentlich kommt auch das Gegenteil vor. Manchmal ist der Dumme der Dumme.”

Manchmal – nicht sehr häufig – ist tatsächlich etwas los: Die Situation ist neu, unvorhergesehen und unübersichtlich. Das ist der Augenblick, wo die Fähigkeit, zu merken, was los ist, dringend gebraucht wird. Wo die sonst so erfolgreiche Dummheit versagt.

In seinem Laboratorium in Harrisburg hat Professor Streufert eine neue Forschungsreihe angefangen. Er untersucht jetzt die Denkabläufe im Kopf von Menschen, die ganz ungewöhnlich intelligent sind, zugleich aber auch, im Beruf und im Privatleben, ganz ungewöhnlich erfolgreich: glücklich und gesund. “Das Ergebnis”, sagt er, “ist eindeutig. Über ihre Intelligenz hinaus haben diese Leute alle eine hochentwickelte Fähigkeit, zu merken, wann es nötig ist zu denken, und wann es besser ist, den Kopf abzuschalten.”

Eine Weile schweigt der amerikanische Forscher. Er überlegt: “Habe ich gesagt, daß die Zukunft den Dummen gehört? Dann nehme ich das zurück. Die Zukunft gehört jenen Intelligenten, die intelligent genug sind, von den Dummen zu lernen. Sie allein besitzen die Fähigkeit, je nach Aufgabe und Lebenslage mal gekonnt intelligent zu sein, mal gekonnt dumm."

So spricht mit leiser, aber fester Stimme Professor Siegfried Streufert. Während der Mond niedersinkt über den Blauen Bergen von Pennsylvanien und es langsam tagt.

Guru Guru

Der Gottmensch saß auf seinem Purpurthrone im Allerheiligsten des Tempels von Puttaparthi im Herzen Indiens, Ich aber kauerte im Lotos-Sitz zu seinen Lotos-Füßen und blickte voll gläubiger Erwartung zu ihm empor,

Eine unerhörte Gunst war mir zuteil geworden mit dieser Privataudienz bei Sai Baba dem Erleuchteten, bei Indiens weitaus berühmtesten Guru. Würde er mir jetzt in dieser Gnadenstunde Antwort geben auf die Frage nach dem Sinn des Lebens und mir den Weg weisen zu Gott?

Da tat der Gottmensch seinen Mund auf. “Also dann”, sagte er. “was ist dein Problem?”

Ich fiel aus allen Wolken Indiens. Denn der Göttliche Meister sagte das ungefähr im gleichen Ton, in dem ein deutscher Arzt den hundertsten Patienten fragt: “Also dann, in welcher Krankenkasse sind Sie?”

So maßlos war meine Ernüchterung, daß ich den Guru plötzlich so sah, wie ich ihn wirklich sah: von unten. Ich sah das feiste

Kinn unter seinem Froschgesicht. Ich sah, wie er gelangweilt mit den Zehen spielte. Vor allen Dingen sah ich seinen Purpurthron von unten. Es war ein umgebauter alter Zahnarztstuhl.

Da tat der Gottmensch erneut seinen Mund auf. “Dieser Reporterjob”, sagte er, “den du da in Germany hast, das ist wohl nicht das Richtige, wie? Der Job gibt dir vieles. Aber er füllt nicht dein Herz. Weißt du, was dein Herz im Innersten begehrt?”

Nein, das weiß ich nicht.

“Dein Herz braucht Liebe. Gott ist die Liebe. Ich bin Gott. Ich bin die Liebe. Conrad, ich liebe dich!”

Um Gottes willen!

“Alle anderen Gurus”, sprach der größte aller Gurus, “sind Betrüger. Sie wollen alle nur dein Portemonnaie. Ich aber will etwas ganz anderes von dir. Conrad, ich will dein Herz!”

Tiefer beugte der Göttliche Meister seinen Afro-Wuschelkopf zu mir herab, und es war mir, als berührten seine Lippen mein Ohr, wie er nun zu singen anhob: “Love is everything – Liebe ist ein und alles!”

Nichts wie raus aus dieser Privataudienz!

Es wird gesagt, daß Sai Baba der Erleuchtete jeden Gedanken im Herzen jedes Menschen lesen kann. Mit einem Gnadenwink seiner Rechten zauberte er wehmütig etwas Wibhuti, etwas heilige Asche, aus dem Nirgendwo auf meine späten Hippie-Haare. "Conrad", war sein letztes Wort, "ich liebe dich – auch wenn du mich nicht liebst."

Nein, ich habe ihn wirklich nicht geliebt, Sai Baba, den Gottmenschen von Puttaparthi. Meine Enttäuschung war um so bodenloser, als ich mir meinen Guru aufs sorgfältigste ausgesucht hatte. Sai Baba ist nicht einer von jenen Schwindler-Gurus, die leichtgläubigen Seelen aus dem Westen transzendentale Schwingungen verkaufen oder gar Erlösung durch sexuelle Verwahrlosung. Solche Export-Gurus nimmt in Indien selbst kein Mensch ernst.

Sai Baba aber genießt unter seinen eigenen Landsleuten höchstes Ansehen. Millionen Menschen verehren ihn als den Avatara, als den Gottmenschen und Erlöser unserer Epoche. Die wichtigsten Politiker, die höchsten Beamten und die erfolgreichsten Geschäftsleute Indiens rühmen seinen Rat. Warum nur hatte er sich mir gegenüber so albern benommen?

Das ist eine Frage, über die sich ein Inder nicht lange den frommen Kopf zerbrechen würde. Die Religion dieses Landes ist ja deshalb so lebendig, weil sie ganz anders organisiert ist als bei uns: nicht als kirchliche Monopolwirtschaft, sondern als freie Marktwirtschaft. Jeder, der ein religiöses Talent in sich verspürt, kann in Indien auf dem freien Markt sein Glück versuchen: mit seinem eigenen Zauber, seiner eigenen Erleuchtung, seinem eigenen Hokuspokus. Er ist kein verbeamteter Priester wie bei uns, sondern ein freier Guru. Ein religiöser Unternehmer. Ein "Gottmensch", ein "godman", sagen die Inder.

So groß wie die Freiheit des Angebots, so groß ist aber auch die Freiheit der Nachfrage. Wer mit dem einen Gottmenschen nicht zurechtkommt, versucht es hier einfach beim nächsten. Bei der Konkurrenz. Bis er auf dem freien Markt genau den richtigen Guru für sich gefunden hat.

Guru Mata Ji war für mich nicht der nächste. Nach der katastrophalen Privataudienz bei Sai Baba war er schon der fünfte Gottmensch, bei dem ich das suchte, was ich zu lange in den christlichen Kirchen nicht gefunden hatte. Er wohnt auch viel weiter oben im Norden, in dem Dorf Neinod bei Indore. Aber er war der erste, bei dem ich schlagartig das Gefühl hatte: Der Mann ist echt, Jetzt bin ich am Richtigen. Oder besser: an der Richtigen.

"Mata Ji" heißt nämlich auf deutsch "Hochwürdige Mutter". Auf katholisch würde man sagen: "Unsere Liebe Frau".

Ich traf den Mann, der sich "Unsere Liebe Frau" nennt, morgens in aller Frühe, wie er über die Felder ging. Hier und dort gab er seinen Knechten eine Anweisung. Wo etwas im Wege lag, räumte er es selber beiseite. Sein Gesicht, sein ganzes Benehmen strahlten Intelligenz aus und Charakterstärke. Auf den ersten Blick hatte er meine Sympathie. "Du siehst", sagte er, "ich bin ein ganz gewöhnlicher Mensch. Ein Gott bin ich nur, wenn die Göttin in mich fährt."

Die Göttin fährt in ihn nur, wenn der Mond zunimmt, vom frühen Nachmittag bis Sonnenuntergang. Es ist die Göttin Durga. Die mächtige Göttin mit dem Schwert. Früher hat man ihr Menschenopfer dargebracht.

Es ist nachmittags um drei. Der Dorf-Guru sitzt vor seinem Haus. Er bringt der Göttin das Lichtopfer dar: Mit einem in Butterfett getauchten brennenden Wattebausch macht er dreimal eine kreisende Handbewegung. Mit einem Mal fängt er an, am ganzen Leib zu zittern. Dann fällt er nach hinten. Die Ekstase beginnt.

Als er sich wieder aufrichtet, ist er ein ganz anderer. Er ist die Göttin Durga. Herrisch starrt er den Gläubigen an, der vor ihm steht: “Du hast ein Lotterielos in der Tasche. Wirf es weg! Es nützt dir nichts.”

Zu einer jungen Frau: “Mach dir keine Sorgen. Streich dein Haus an. In zwei Monaten hast du einen Bräutigam.” Dann ein Kind. Es hat sein Augenlicht verloren. Der Guru streicht ihm mit dem Schwert der Göttin über die Lider. Ein Aufschrei geht durch die Menge. Ein Wunder ist geschehen. Der Junge sieht.

Etwa 500 Pilger drängen an diesem Nachmittag mit ihren alltäglichen Sorgen zu dem Dorfgott. Jedem sagt er auf den Kopf zu, was mit ihm nicht stimmt, gibt einen Rat, fällt eine Entscheidung. Es dauert kaum eine Minute.

Mit ein paar Opferfrüchten und mit zehn Rupien in der Hand habe ich drei Stunden lang unter lauter schreienden, drängelnden Indern angestanden. Dann, bin ich dran. Mit meiner Frage nach dem Sinn des Lebens,

Der Guru hört sie nicht. Er ist noch immer in Ekstase. Starr schaut er durch mich hindurch. “Du!” schreit er, “du hast ja gar keine Krankheit. Du hast keine Sorgen. Was suchst du hier? Idhar awo! Der nächste, bitte!”

Draußen vor dem Dorf setzte ich mich in einen Palmenhain, genoß das tropische Abendrot und auch meine erste, bescheidene

Erleuchtung: Ein echter Guru, ein Guru für den indischen Hausgebrauch, ist etwas völlig anderes, als wir im Westen glauben. Das ist kein Mann, zu dem junge Leute ihre schönen Seelen auf dem Tablett tragen, auf der Suche nach Gott im allgemeinen und nach der Erleuchtung überhaupt. Zu einem Guru geht ein Inder mit ganz konkreten, schweren Sorgen: im Beruf, in der Liebe, mit der Gesundheit. Deshalb erlebt Indien einen Guru-Boom wie seit Jahrhunderten nicht mehr: weil die schweren Alltagssorgen der Menschen in diesem elenden Land sich ins Unerträgliche gesteigert haben. Der Guru-Boom wird nur noch übertroffen durch einen phantastischen Kino-Boom. Ach, die Religion ist nicht das einzige Angebot auf dem gemischten Markt der Lebenshilfen und der Illusionen.

Gemessen an der Not in Indien aber hat ein Europäer überhaupt keine echten Sorgen. Drum hat Mata Ji, der Dorfgott, mich zum Teufel gejagt. Sai Baba, der Prominentengott für gehobene Ansprüche, hat im Grunde das gleiche getan, nur auf die feine Art. Als er auf seine Frage "Was ist dein Problem?" keine Antwort bekam, hat er mich abgespeist mit bigottem Liebeskitsch. "I love you": Das versetzt wahrscheinlich die amerikanischen Guru-Pilger, mit denen er etwas mehr Erfahrung hat, in helle Verzückung. Einem indischen Landsmann freilich würde Sai Baba so einen Blödsinn niemals zumuten.

Das heißt nicht, daß es nicht auch unter den Gottmenschen Indiens ein paar gibt, die sich nicht mit Lebenshilfe beschäftigen, sondern mit Gott. Aber diese Gurus sind fast unauffindbar. Gerade weil sie etwas von Gott verstehen, haben sie sich vom Geschäft, vom religiösen Markt völlig zurückgezogen. Schon gar nicht reisen sie, als Geschäftsleute in Sachen Meditation, in Europa und Amerika herum. Man muß sie lange suchen.

Die Affen tobten über uns in den Baumkronen, die Papageien kreischten, als unsere religiöse Expedition, mit Bergführer und Trägerkolonne, durch den gebirgigen Urwald östlich von Rischikesch klomm. Man vermutet hier den letzten wilden Tiger Indiens und die letzten wilden Elefanten. Es schreckte mich nicht. Ich war auf der Suche nach Nirwan Baba dem Erleuchteten. Im Stande der vollkommenen Gotteserkenntnis soll dieser Guru sich aus der Großstadt Bombay hierher in die Wildnis zurückgezogen haben.

Er war gar nicht so schwer zu finden. Auf dem steinigen Saumpfad zur Einsiedelei herrschte unerwartet reger Verkehr. Und als wir endlich vor der Höhle des Göttlichen

Meisters ankamen, saßen, im Halbrund um ihn, schon etwa zwei Dutzend Pilger. Darunter auch acht Polizisten in Uniform und mit Gewehr. Ein bißchen verwunderlich.

Im Lotossitz, den linken Arm auf die Meditationskrücke gestützt, in der Rechten den Rosenkranz, die Haare zu wilden Zotteln geflochten, saß der Einsiedler da wie eine phantastische Verkörperung des Gottes Schiwa. Er war zum Gerippe abgemagert. Denn er aß nur noch Blätter und Wurzeln. Und zum Zeichen der völligen Weltabgestorbenheit war er von Kopf bis Fuß mit weißer Asche eingerieben.

Im Gespräch aber erwies sich der Gottmensch als ein Mann von erlesener Freundlichkeit, von überlegenem Verstand und Witz. "Gott?" sagte er, "er ist das einzige, was mich interessiert. Aber wie soll ich mich mit ihm beschäftigen, bei den Zuständen hier?" Dann deutete er wortlos nach hinten zum Eingang seiner Höhle und reichte mir seine Taschenlampe. Ich kroch hinein. Und schrak entsetzt zusammen. In der hintersten Nische der engen, lichtlosen Höhle saß, nackt im Lotossitz, ein zweiter Guru. Kein erleuchteter. Ein brutales Schlägergesicht grinste mich an.

Inder sind anders als wir. Über schlimme Dinge sprechen sie nur in Andeutungen. Ich brauchte Tage, um die Tragödie zu verstehen, die hier in der Wildnis vor sich ging. Kaum hatte Guru Nirwan Baba der Erleuchtete sich vor der Welt in diese Höhle im Urwald zurückgezogen, um nur noch an Gott zu denken, da verbreitete sich schon unten in allen Tälern das Gerücht, da oben sitze einer im 12. Grade der Erleuchtung und somit fähig, die richtige Lottozahl vorauszusagen.

Seither hatte der Gottmensch in seiner Einsiedelei keine Ruhe mehr. Ameisenhaft strömten abergläubische Pilger auf dem steinigen Saumpfad durch den Urwald hinauf zur Einsiedelei. Daß Guru Nirwan Baba niemals eine Lottozahl nannte, erhöhte nur seinen Ruhm. Er schweige, hieß es, weil er wisse. Wer auch nur seine Lotos-Füße küsse, der werde die richtige Lottozahl dann schon von selber erraten.

Und jeder Pilger brachte, um mit der Lottozahl sicherzugehen, reiche Opfergaben. Zur Verzweiflung des Mannes, der vor der Welt zu Gott in die Wildnis geflohen war, verwandelte sich die Büßerhöhle im Urwald in ein verheißungsvolles Geschäft.

Jetzt nahte sich der Neider: Guru Krischna Ananda, quer durch den ganzen Urwald hinter Rischikesch gefürchtet als Schläger-Guru. Diese Höhle, drohte er dem Erleuchteten, gehöre in Wirklichkeit ihm. Denn er habe vor Jahren schon mal hier meditiert. Sie sei somit sein Privateigentum. Der andere habe die Lotto-Einsiedelei sofort zu räumen und ihm das Geschäft zu überlassen. Als Guru Nirwan Baba in seiner gottseligen Unschuld einwandte, so etwas wie Privateigentum könne es im Urwald doch gar nicht geben, stieß Guru Krischna Ananda schlimme Drohungen aus und besetzte, als Zeichen der Machtergreifung, die Meditationsnische hinten in der Höhle. Verstörte Pilger, Mord und Totschlag zwischen zwei Gottmenschen befürchtend, eilten hinunter nach Rischikesch. Seit einer Woche schon meditiert Guru Nirwan Baba unter Polizeischutz draußen vor seiner Höhle. Die Höhle selbst konnte er nicht mehr betreten. Dort meditierte der Konkurrent.

Offensichtlich gibt es ein paar Probleme, an denen die Religion auch im Zustand höchster Erleuchtung scheitert. Das wichtigste von diesen Problemen ist das Privateigentum.

Ich weiß nicht, wie der Streit der beiden Gottmenschen um das Privateigentum im Urwald ausgegangen ist. Arn vierten Tag, als die Spannung in der Höhle unerträglich wurde, hat die Polizei alles Publikum weggejagt und den Urwaldpfad zur Einsiedelei gesperrt. Die Polizei von Rischikesch ist völlig korrupt. Ich hoffe, daß Guru Nirwan Baba der Erleuchtete noch am Leben ist. Sicher hat er den Streit verloren. Denn er war der Bessere von den beiden.

Vermutlich bin ich der erste Mensch, der die Frage nach dem Sinn des Lebens dadurch gelöst hat, daß er einen Lastwagen mietete. Aber ohne Lastwagen ging es nicht. Denn als ich von Rischikesch die große Guru-Route, immer den heiligen Ufern des Ganges entlang, hinunterreiste und schließlich, schon fast an der Mündung des Stroms, in Kalkutta anlangte, da kam zu gleicher Zeit die große Flutwelle aus dem Himalaja an. Drei Millionen Menschen, die sonst in dieser Stadt auf der Straße schlafen, standen hilflos, schicksalsergeben, bis zur Hüfte im Wasser. An ein Fortkommen im Taxi war in Kalkutta nicht mehr zu denken.

Der Mann, dem meine letzte Wallfahrt galt, heißt Dada Ji. Viele halten ihn für den größten Weisen Indiens. Die bedeutendsten Wissenschaftler und Künstler des Landes schwören auf ihn. Dabei ist er nur ein kleiner Geschäftsmann vom New Market in Kalkutta, der sich heute, mit 73, von seinem Betrieb zurückgezogen hat. Er hat auch keinen Tempel und keine Einsiedelei. In einem Vorort von Kalkutta, zwischen Slumhütten und

Luxusvillen, wohnt er in einem unscheinbaren kleinbürgerlichen Haus. Freundlich half er mir aus dem Lastwagen herunter ins Wasser. “Komm herauf in den ersten Stock”, sagte er, “ins Trockene. Aber bitte, küsse meine Füße nicht. Es sind keine Lotos-Füße. Kein Mensch sollte die Füße eines anderen Menschen küssen.”

Der Weise hat ein breites, offenes, fast kindliches Lachen. Aber das Gespräch ist unerwartet mühsam. Dada Ji empfängt nicht viele Besucher. Er weiß nicht, wie er mit einem Ausländer reden soll.

Erst beim zweiten Besuch geht er aus sich heraus. “Ich heiße Dada Ji”, sagt er, “das heißt “älterer Bruder”. Du bist mein jüngerer Bruder. Komm, rücke näher heran.” Segnend legt er seine Hand auf meine späten Hippie-Haare. “Weil du mein jüngerer Bruder bist, will ich dir heute die tiefste Weisheit des Ostens offenbaren.” Und er hebt seine Stimme: “Conrad, fahre in den Westen heim, und führe dort ein ganz normales Leben!”

Das Licht geht aus. Mehrfach täglich bricht die Stromversorgung in Kalkutta zusammen. Den Weisen stört es nicht. Er zündet eine Kerze an. “Dada Ji”, wende ich ein, “ich bin aber nach Indien gekommen, um meinen Guru zu finden.”

“Nach meiner Erfahrung”, sagt der Weise von Kalkutta, “sind alle Gurus Schwindler. Sie machen das windigste Geschäft der Welt. Sie handeln mit Illusionen für arme Seelen. Sie machen ihr Geschäft mit dem Elend und der Unerwachsenheit der Menschen. Wenn ein Land in Ordnung ist und ein Mensch erwachsen, dann braucht er keinen Guru. Er wird mit seinen Problemen selber fertig. Werde erwachsen. Fahre heim. Mach Schluß mit dem religiösen Tourismus!”

Ich schüttle den Kopf. Das heißt in Indien “ja”. Der Weise holt zwei Gläser. Aber ich habe noch einen Einwand: “Dada Ji, ich bin nach Indien gekommen, um etwas zu lernen in der Meditation.”

“Meditation”, sagt der Weise von Kalkutta, “ist eine besonders hochgeschraubte Form von Nichtstuerei. Hast du denn keinen Beruf, keine Familie, keine Freunde? Ein normaler Mensch hat doch für so etwas gar keine Zeit.”

“Und Yoga?”

“Das”, sagt der Weise von Kalkutta, “ist auch so ein Hokuspokus. Ich halte alle diese komplizierten Verrenkungen für wichtigtuerische Selbstquälerei. Es ist nicht einmal eine gute Technik der Entspannung. Schwimmen entspannt viel mehr. Auch Spazierengehen.”

Er bietet mir eine Zigarette an. “Rauchen”, sagt er, “entspannt übrigens auch.”

“Dada Ji”, sage ich bittend, “ich bin nicht nach Indien gekommen, um das Rauchen zu lernen, sondern um Gott zu finden.” – “Gott”, antwortet der Weise, “ist in dir. Du brauchst ihn nicht zu suchen. Erfülle deine Pflichten, tue deine Arbeit, und genieße deine Tage: Whisky, Zigaretten und Liebe. Dann wirst du in dir selber das verspüren, was dir kein Guru verkaufen kann: den lebendigen Gott, den wahren Gott, der dich erschaffen hat und der dich liebt.”

Dada Ji schenkt ein. In Kalkutta, mitten während der großen Überschwemmung, hat meine Seele zu Gott gefunden. Und ich habe mit dem größten Weisen Indiens einen doppelten Whisky darauf getrunken.

Das Gruselkabinett des Dr. Dschingis-Khan

Es war nicht nur der alte Raucherkatarrh. Es war die helle Angst, die mir den Hals zusammenschnürte. Noch nie hatte ich mich einem anderen Menschen so wehrlos ausgeliefert.

Da lag ich, die kranke Seele, hemdsärmelig auf dem Rücken, die rechte Hand angeschlossen an den Lügendetektor. Dort neben mir saß ER. Im dezent gestreiften Flanellanzug mit gediegener Krawatte, das lichte Haar sorgfältig toupiert, zehn Jahre jünger als ich und im Gesicht das Selbstbewußtsein und die Freundlichkeit eines Immobilienmaklers: mein Psychotherapeut, der Hypnotiseur Thorwald Dethlefsen, Spezialist für "Reinkarnations-Therapie". Das heißt auf deutsch "Heilung durch Seelenwanderung".

Zum sechstenmal lag ich auf seiner Couch im "Institut für außerordentliche Psychologie" in München. Aus lauter Angst vor dem Gesicht und vor dem Blick dieses Mannes schloß ich von selbst die Augen. Los! Was sein muß, muß sein.

Ein Druck des Therapeuten auf die Hifi-Taste, und die Sphärenklänge indischer Pranava-Musik begannen sanft, mich einzuhüllen. Dann nahm ich nichts mehr wahr als seine Stimme, sanft und herrisch zugleich: “Sie sind ruhig. Ganz ruhig. Nichts wollen, nichts sollen, nichts denken.” So ging es eine Viertelstunde lang. “Wesen in sich selbst versinkend, so liegen Sie da wie eine Gummipuppe. Nichts verbindet Sie mehr mit der Außenwelt außer meiner Stimme. So wandern wir zurück durch Raum und Zeit in ein längst vergangenes Leben, in dem Sie schon einmal das Gefühl hatten, keinen Atem mehr zu bekommen. Blenden Sie zurück! Blenden Sie ganz zurück!”

Stille. Ein schwarzes Loch. Dann, ganz erregt, die Stimme von Thorwald Dethlefsen: “Da! Da! Jetzt!” Der Lügendetektor hatte in Richtung Wahrheit ausgeschlagen. “Was sehen Sie? Schildern Sie es ganz genau!”

Und siehe, ich sah, mit geschlossenen Augen, wie ich vor zwei Jahrtausenden in einer Höhle saß, in Galiläa. Zum Jordan blickte ich hinab. Mir ging’s nicht gut. Denn neben mir saß ER.

Wo waren die Zeiten meiner Kraft und

Stärke, als ich gewaltig in der Wüste predigte: "Wehe euch, ihr Otterngezücht!" Ich, der Prediger der Buße. Ich, Johannes der Täufer.

Vom Jordan stieg die Nacht herauf, kühl und feucht. Ein Hustenkrampf krümmte mich zu Boden. Wo war mein dickes Kamelfell? Nichts war mir geblieben außer meinen langen Zottelhaaren und einem Lendenschurz. Mich fror. Und neben mir saß ER.

Vor mir mein karges Büßer-Essen: Heuschrecken mit wildem Honig. Und aus dem fernen 20. Jahrhundert die Stimme von Thorwald Dethlefsen: "Wie schmeckt's?" Es schmeckte wie ein Henkersmahl. Denn neben mir saß ER.

Ein ganz anderer Mann war das, nicht ausgezehrt von der Schwindsucht wie ich. Er hatte ja auch nicht, wie ich, jahrelang im Jordan gestanden und getauft. Nicht ausgemergelt vom strengen Fasten. Er war ja nicht wie ich ein Mann der Reinheit, der Buße, der Entsagung. Mit den Sündern hatte er getafelt, und die Sünderin hatte ihm die Füße gesalbt. Wohlgenährt und kräftig saß er neben mir. ER, zu dem sie alle übergelaufen waren, die einst meine Predigt hörten. Der Mann, den meine Seele haßte. Mein tödlicher Konkurrent: Jesus von Nazareth.

Er war nicht allem gekommen. Sechs Häscher hatte Jesus mitgebracht. Sechs schwerbewaffnete Schergen des Herodes. Jetzt rissen sie mich an den Schultern hoch. Sie stießen mich aus meiner Höhle. Durch die Dörfer Galiläas schleppten sie mich zum Kerker des Herodes. Und fern aus dem Palast ein höhnisches Weibergelächter.

Das also war's! Jesus und die schöne Salome. Die beiden hatten sich gegen mich verbündet. Gemeinsam waren sie zu Herodes gelaufen. Jesus hatte mich verpetzt. Salome hatte meinen Kopf gefordert. Und jetzt ein grauenhafter Schmerz im Nacken. Ein Todesschrei, der mir im Halse steckenblieb. Und fern aus dem 20. Jahrhundert die Stimme von Thorwald Dethlefsen: "Was ist passiert? Genau durcherleben! Genau schildern!"

Und siehe, ich sah, wie mich die Kerkerknechte in den Thronsaal schleppten vor das wüste Gelage des Herodes. Dann fuhr das blanke Schwert des Henkers auf meinen Nacken nieder. In einer Schüssel machte mein blutiger Kopf die Runde zum lüsternen Bauchtanz der schönen Salome. Und aus dem fernen 20. Jahrhundert drang zu mir die Stimme von Thorwald Dethlefsen: "Wir gliedern dieses vergangene Leben unserem Bewußtsein an. Wir behalten alles in Erinnerung, und beim Aufschreiben wird sich noch vieles klären. Jetzt aber lösen wir uns. Öffnen Sie die Augen!"

Nach zwei Stunden Seelenwanderung schlug ich die Augen auf: Neben mir saß ER. Mein Psychotherapeut. "Sagen Sie, Herr Dethlefsen, war das echt? War das wirklich meine eigene frühere Existenz?"

Ja, das war's. Der Lügendetektor hatte es bezeugt. Elektronisch, unbestechlich. "Ganz anders", sagte Dethlefsen, "als zum Beispiel bei der Geschichte mit der Postkutsche."

Da hatte ich mich hinterm Strauch hervor auf die Kutsche gestürzt, hatte die holde Unschuld zu Boden gerissen und meine gewaltigen Pranken um ihren sammetweichen Schwanenhals geschlossen. Ich, der Schrecken des 18. Jahrhunderts. Ich, Mario, der Würger von Rom.

"Nicht echt", sagte Dethlefsen. "Da hat sich bei Ihnen nur ein Energieknoten gelöst. Ganz anders heute. Als Therapeut hat man für so was ein Gespür."

Seltsam. Für mein eigenes Gespür war eher Mario echt. Als Johannes der Täufer dagegen hatte ich das Gefühl, einen frommen Tagtraum zusammenzuspinnen. Dethlefsen schüttelte den Kopf: "Dieses Gefühl hat einen anderen Grund. Sie sind nicht voll dabei. Sie überlassen sich nicht ganz. Sie halten fest an einem inneren Sicherheitsabstand. Ihnen fehlt das Urvertrauen zu mir."

Die Wahrheit jetzt oder nie: "Herr Dethlefsen, mir fehlt das Urvertrauen zu Ihnen, weil mir Ihr Gesicht angst macht. Wenn ich in Ihre Augen sehe, dann muß ich an das denken, was mir einer Ihrer Freunde gesagt hat: 'Sie waren selber in einem früheren Leben Dschingis-Khan!'"

Zweieinhalb Wochen lang war ich diesem Mann täglich wehrlos ausgeliefert. In diesem einzigen Augenblick nur war er es, der die Fassung verlor: "Woher wissen Sie das? Das durfte der Ihnen nicht sagen! Das darf auf keinen Fall an die Öffentlichkeit!"

Patient Johannes der Täufer auf der Couch bei Doktor Dschingis-Khan: Es ist jetzt Zeit zu fragen, was wirklich passiert ist mit meiner armen Seele im "Institut für außerordentliche Psychologie". Wahrheit, Schwindel oder Wahn: War ich wirklich Johannes der Täufer? Was spricht dagegen, was dafür?

Dafür spricht vor allen Dingen die Autorität des Mannes, bei dem ich in Behandlung war. Gewiß, ein paar Jahre zuvor war Thorwald Dethlefsen noch ein Gaukler, der abends als "Thor Dewal" auf der Bühne stand und müde bayerische Vereine mit "magischen Explosionen" munter machte. Er ließ seine

Freundin auf der Bühne verschwinden und verblüffte mit Kartentricks.

Dann aber ist aus der Wanderbühne eine psychotherapeutische Luxuspraxis in Schwabing geworden. 250 Quadratmeter, erfüllt vom erlesenen Duft indischer Räucherstäbchen, ausgestattet mit viel teurem, ehrfurchtgebietendem elektronischem Gerät. Das ganze "Institut für außerordentliche Psychologie" wirkt so seriös wie Dethlefsens gestreifter Flanellanzug.

Mal im deutschen, mal im Schweizer Fernsehen tritt er auf als überlegener Gesprächspartner berühmter Professoren. Als Zeugin läßt er gern eine junge Münchnerin auftreten. Im früheren Leben war sie Tempeltänzerin in der ägyptischen Hafenstadt Alexandrien. Ihr Haus, so erzählt sie, habe 700 Schritt vom Judenviertel und 350 Schritt westlich vorn Palast gelegen – mitten im Hafenbecken offenbar. Die alten Stadtpläne von Alexandrien sind nämlich erhalten. Und abends sei sie mit ihrem Freund am Nil spazierengegangen. Ein Kunststück ohne Auto – der Nil ist 50 Kilometer von Alexandrien entfernt.

Solche kleinen Pannen hindern katholische Akademien nicht, Dethlefsen als Fachmann für Seelenwanderung einzuladen. Ein

Blick in sein Erfolgsbuch “Schicksal als Chance”: Da spricht aus jedem Satz der Hohepriester einer geheimnisvollen, einer genial neuen Schule der Psychotherapie.

Sigmund Freud ist überholt. Er wanderte mit der kranken Seele ja nur zurück bis in die frühe Kindheit. Überholt ist selbst der “Urschrei”, mit dem modernere Therapeuten ihre Patienten immerhin zurückführen bis zum erneuten Erlebnis der eigenen Geburt. Der letzte Schrei vor dem Urschrei heißt Seelenwanderung.

“In meinem Institut”, sagt Thorwald Dethlefsen, “gelingt es schon nach wenigen Stunden, den Patienten über die Geburt zurückzuführen in längst vergangene Existenzen.” Ins Mittelalter, ins alte Rom, dann nach Ägypten und oft bis nach Atlantis. Dort nämlich liegt der Schlüssel zum Verständnis des “Karma”, jener schicksalshaften Schuld, die einen Menschen heute krank macht. So wahr Thorwald Dethlefsen der große neue Meister der Psychotherapie ist, so wahr bin ich Johannes der Täufer.

Was spricht gegen die Autorität des Thorwald Dethlefsen? Eigentlich nicht viel. Nur ein Gefühl. Und das ist das Gefühl eines völlig unzuständigen Menschen. “Mit Journalisten”, sagt Thorwald Dethlefsen, “mag ich über Seelenwanderung gar nicht mehr reden. Schließlich diskutiert auch ein Atomphysiker nicht mit Leuten, die nichts von Atomphysik verstehen."

Es war also nicht mehr als ein ganz windiges Gefühl, das ich hatte, als Johannes der Täufer auf der Couch. Als ich mich dann aber auf Dethlefsens Geheiß hinsetzte, um die Geschichte aufzuschreiben ("Beim Aufschreiben wird sich noch vieles klären"), da klärte sich das windige Gefühl zu einem niederschmetternden Verdacht: Gott, habe ich diese Geschichte nicht eigentlich schon mal erzählt?

Sie steht in diesem Buch auf Seite 97. Es ist die durchaus wahre Geschichte von den beiden Gurus, die tödlich verfeindet vor einer Höhle sitzen an einem Nebenfluß des Ganges. Das Erlebnis hatte meine Phantasie stark beschäftigt. Warum aber ist es in der Hypnose so stark verfremdet als biblische Offenbarung aus meinem Unterbewußtsein aufgestiegen?

Drei Dinge kommen da zusammen: Erstens hat Dethlefsen mir am Abend zuvor ein Buch zu lesen gegeben, in dem sehr viel die Rede war vom "Geheimnis der Holunderblüte" in der "Johannis-Nacht". Das ist das Fest Johannes des Täufers. Zweitens war ich als kleiner Junge fasziniert von einem Fastenprediger, der mit ungeheurem Pathos von der Kanzel herab das Leben Johannes des Täufers schilderte: “Und er zog hinaus in eine Höhle am Jordan und ernährte sich von Heuschrecken und wildem Honig.” Nicht zu vergessen, drittens, daß ich Hans heiße. Schließlich läßt sich auch der Gemüsehändler Paul Kuhn in Dozwil am Bodensee als wiederverkörperter Apostel Paulus verehren.

Ich kann es nachweisen: Bis ins letzte Detail ist das Spielmaterial für meine Seelenwanderungserlebnisse auf der Couch von Dr. Dschingis-Khan erst in diesem Leben hier eingespeichert worden in meine Phantasie. Das spricht doch sehr dagegen, daß ich Johannes der Täufer war.

Doch etwas anderes spricht dafür. Das ist der ungeheure Zulauf zu Thorwald Dethlefsen. Seine Bücher sind Bestseller. Vor seinem Institut m Schwabing stehen die kranken Seelen Schlange. Wer dort auch nur die erste Anzahlung von 1000 Mark leisten will, der gerät erst mal auf eine endlose Warteliste von vielen hundert Seelen in Not. Kassenpatienten nimmt Dethlefsen ohnehin nicht: “Wer nicht selbst zahlen kann, ist durch eigene Schuld arm, Schuld aus einem vergangenen Leben.” Was für Patienten kommen zu Dethlefsen? Der Institutsarzt Dr. Rüdiger Dahlke sagt, das

Erleuchtungspublikum sei in der Minderheit: “Die meisten Patienten sind schwerkranke Menschen, die keine andere Hoffnung mehr haben. So hatten wir zum Beispiel gerade zwei Fälle von multipler Sklerose.”

Es ist nicht möglich, daß so viele verzweifelte Menschen ihre Hoffnung und ihr Geld auf einen Gaukler setzen. Nein, eher war ich wirklich Johannes der Täufer.

Doch etwas anderes spricht dagegen. Das ist mein Horoskop. “Das sieht ja bedenklich aus bei Ihnen im zwölften Haus”, sagt Dethlefsens Institutsastrologe Nicolaus Klein. “Und sehen Sie, wie Pluto, Sonne und Saturn bei Ihnen zueinander stehen? Ich warne Sie: Sie sind ein Mensch, der aus beruflichem Ehrgeiz seine Gesundheit aufs Spiel setzt!”

Ein großer Hellseher, dieser Nicolaus Klein. Als ich mich zum erstenmal bei Dethlefsen auf die Couch legte, war ich, mal abgesehen von meiner Raucherlunge, gesund. Zweieinhalb Wochen später war ich so krank, daß ich die Behandlung vorzeitig abbrach. “Schade”, sagte Thorwald Dethlefsen, “wir sind der Frage ganz nahe, warum Sie soviel rauchen. In allen Ihren vergangenen Existenzen geht es ja um den Hals. Dahinter steht eine ganz alte, schicksalhafte Schuld. Aber um genau herauszufinden, was das ist, brauchen Sie noch mindestens 30 Stunden Therapie."

Die hätte ich wohl nicht überstanden. Ich litt an einem verzweifelten Gefühl der inneren Ausgesogenheit und Verelendung.

Tagelang lief ich in München herum wie ein historisches Gespenst. Und als ich einen kleinen jungen mit roter Kappe im Englischen Garten durch die Bäume rennen sah, glaubte ich mich plötzlich im Schottland des 18. Jahrhunderts.

Niemand geht gern von sich aus in die Psychiatrische Klinik. Jetzt hielt ich es, im Interesse meiner Gesundheit, für zwingend geboten.

"Sie sind mit einer vorübergehenden Erschöpfung der Nerven davongekommen", beruhigte mich Professor Heinz Dietrich. "Solche Experimente können aber ebensogut psychotische Schübe auslösen, die einen Menschen für lange Zeit schwer krank machen und in die Klinik bringen können."

Spricht das nicht eher dagegen, daß ich wirklich Johannes der Täufer war? Doch etwas anderes spricht ganz bestimmt dafür: Das ist die Langmut der Behörden. Es gibt in München ein Gesundheitsamt, das jede Frittenbude streng kontrolliert. Es gibt dort eine Ärztekammer. Und es gibt Staatsanwälte.

Keiner hat es je für nötig gehalten, ein bißchen nachzuschauen, was los ist im “Institut für außerordentliche Psychologie”.

Gut, Seelenwanderung mag eine Sache des Glaubens sein. Aber es gehen in der Praxis Dethlefsen noch ganz andere Experimente vor sich. “Und das”, sagte er mir, “darf auf keinen Fall an die Öffentlichkeit. Die Öffentlichkeit ist dafür noch nicht reif.”

Zum Beispiel das Blut-Experiment. Gleich zu Beginn der Psychotherapie wurden mir fünf Tropfen Blut abgezapft. Fünf Tröpfelchen Blut zum dauernden Unterpfand.

“Wer von einem Menschen Blut oder Sperma besitzt”, sagt Dethlefsen, “der hat ihn in seiner magischen Gewalt.” Zur Not reicht ihm auch Schweiß. Schwarze Magie? Nein, weiße Magie. “Das”, sagt Dethlefsen, “ist Magie zum Wohl des Patienten. Wann immer es Ihnen künftig schlechtgeht, brauchen Sie nur anzurufen. Wir messen dann mit unseren elektronischen Geräten die Schwingungen in Ihren Blutstropfen und können sofort sagen, was los ist mit Ihnen.”

Mit dieser Blutstropfen-Kartei experimentiert vor allem Dr. med. Rüdiger Dahlke. Dieser ehemalige Lehrer für Transzendentale Meditation ist Dethlefsens ärztlicher Gehilfe. Es ist ja nicht so, daß die gequälte Seele wegkommt mit der täglichen Doppelstunde "Reinkarnations-Therapie". Gleich entdeckte Dethlefsen neben der Notwendigkeit einer astrologischen Beratung auch die Notwendigkeit einer "begleitenden Behandlung" durch seinen Doktor Dahlke.

Fortan lag ich morgens bei Dethlefsen auf der Couch, nachmittags war ich im Nebenzimmer bei Doktor Dahlke mit Kopf, Händen und Füßen an alle möglichen elektronischen Geräte angeschlossen.

Auf diese Weise bekam ich zum Beispiel, um mir das Rauchen abzugewöhnen, die "elektronischen Schwingungen von Myrrhe" durch den Leib gejagt.

Ein eindeutiger Verstoß gegen die "Berufsordnung für die Ärzte Bayerns", die eine strikte Trennung der verschiedenen Heilberufe vorschreibt und die Beschäftigung eines Arztes in der Praxis eines Nicht-Arztes untersagt.

Und wenn die medizinischen Behörden weiter nichts tun? Wenn sie immer weiter zuschauen, wie Hunderte von schwerkranken Menschen ihre letzte Hoffnung und oft ihr letztes Geld auf einen Scharlatan setzen?

Dann gehe ich selber in München aufs Gesundheitsamt, damit es, amtlich beglaubigt und bestätigt, in meinen Personalausweis eingetragen wird:

Ich war Johannes der Täufer.

Das Glück vom Sprockhövel

Schön sind die grünen Hügel von Kentucky. Aber schöner ist's im Ruhrgebiet an der Autobahn von Wuppertal nach Bochum. So märchenhaft schön, wie ihr Name klingt, liegt dort in den grünen westfälischen Hügeln eine kleine Industriestadt. Sie heißt Sprockhövel.

Im Eicklöhken 23 in Sprockhövel feiern Gertrud und Heinrich Daube goldene Hochzeit. Heinrich Daube ist 83, Gertrud 77.

"Sagen Sie, Frau Daube, was gibt's bei Ihnen zu essen an so einem großen Fest?" Gibt's vielleicht, wie auf norddeutschen Familienfeiern, Rinderbraten mit Schweinebraten? Oder gibt's, wie auf süddeutschen Familienfeiern, Schweinebraten mit Rinderbraten? Gibt's vielleicht, zwischen allen Schweine- und Rinderbraten des Nordens und des Südens, ein uraltes westfälisches Bauerngericht?

Sachte wiegt Gertrud Daube ihren breiten, westfälischen Kopf. "Ach ne", sagt sie, "so was nicht, nicht so was Langweiliges." – "Nicht so was Altmodisches", sagt Heinrich, “bei uns doch nicht.” –“Nein”, sagt Gertrud souverän und heiter, “unsere goldene Hochzeit wird ausgerichtet vom Party-Service Schüler aus Hattingen.”

Hattingen ist die Nachbarstadt, mit Sprockhövel auf mannigfache Art verschwistert. Hattingen hat schlimme Schlagzeilen gemacht, als Thyssen beschloß, die Heinrichshütte stillzulegen. Eine ganze Stadt drohte in die Arbeitslosigkeit zu stürzen.

Als diese Hiobsbotschaft kam, haben sich in Hattingen Ingrid Schüler und ihr Mann Richard in ihrer Wohnküche zusammengesetzt und einen tollkühnen Entschluß gefaßt: “Bei so vielen Arbeitslosen, sagten wir uns, braucht Hattingen jetzt einen Party-Service.”

Es klingt wie blanker Hohn und ist das Gegenteil. Nicht weil sie Geld zu verjubeln hätten, brauchen die Arbeitslosen in Hattingen einen Party-Service, sondern weil sie jetzt viel bescheidener haushalten müssen als zuvor. Sparen müssen sie sogar an jenen großen Familienfesten, die das Leben der Industriearbeiter an der Ruhr seit Generationen glanzvoll umrahmen. “Ganz schnell ist das gekommen”, sagt Heinrich Daube, “man geht zu solchen Festen nicht mehr ins Restaurant.”

Zu Hause feiern kann man allerdings auch nicht. Zu einem solchen Fest kommen ja mindestens 50, oft 150 Leute. Also verzichten auf die großen Familienfeiern? Verzichten auf die Höhepunkte des Lebens, nur weil Thyssen, Mannesmann und Krupp rationalisieren? Daran denkt in Hattingen kein Mensch.

“Und wir in Sprockhövel auch nicht”, sagt Heinrich Daube. “Wir mieten den kleinen Festsaal im Gemeindehaus und lassen den Party-Service Schüler kommen. Ich hab’s doch bei den Nachbarn gesehen: So kostet das Fest weniger und wird viel schöner.” – “Es wird”, schwärmt Gertrud Daube, “ein Festessen so schön wie im Fernsehen.”

Es ist Samstag abend um halb sechs. Im kleinen Festsaal des protestantischen Gemeindehauses von Sprockhövel ist der Tisch so klassisch gedeckt, als lüde Leonardo zum Abendmahl. Noch ist kein einziger der geladenen Gäste zu sehen, Nur der Party-Dienst Schüler flitzt aufgeregt um die beiden Büfetts, das kalte und das warme. “Die Herrschaften sind noch in der Kirche”, sagt Ingrid Schüler bedeutsam. “Gleich kommen die Herrschaften aus der Kirche”, sagt Richard Schüler sorgenvoll.

Wenn er in der Kirche sitzt, geht der Mensch – naturgemäß – in sich. Wenn er aber aus der Kirche kommt, geht der Mensch – naturgemäß – aus sich heraus. “Wenn die Herrschaften aus der Kirche kommen", so faßt Ingrid Schüler ihre Erfahrung zusammen, "ist das der einzige wirklich kritische Augenblick des Abends." –"Es drohen Zustände", sagt Richard Schüler, "wie bei den Gastmählern der Zaren in Sankt Petersburg."

Wohl gab es in Sankt Petersburg kein Büfett. Trotzdem gingen die Gäste oft wie die Kosaken aufeinander los. Weil jeder wollte, daß der Kellner zuerst zu ihm komme. Den unwürdigen Krawallen machten die Zaren schließlich ein Ende, indem sie jedem Gast einen eigenen Kellner zuwiesen.

Einen ähnlichen Trick hat sich der Party-Dienst Schüler einfallen lassen. Noch bevor die ersten Gäste eintreffen, tischt Richard Schüler 50 verführerische Vorspeisenteller auf. Für jeden Gast einen eigenen. Für jeden an seinen Platz. "Nachher soll sich jeder am Büfett, drinnen oder draußen im Garten selbst bedienen."

Einen Augenblick später beginnt im protestantischen Gemeindehaus zu Sprockhövel ein Gastmahl voll christlicher Harmonie. Über ihren Vorspeisentellern unterhalten sich die Gäste so friedsam und gesittet, daß man sogar, durch die weit offenen Fenster, die Vögel draußen schlagen hört. "Das ist es", sagt Ingrid Schüler ein bißchen gespreizt, "der gleichzeitige Essensanfang muß gewährleistet sein."

Oben am Tisch hat das Brautpaar Platz genommen. Heinrich Daube trägt einen schwarzen Anzug mit einem goldenen Eichenblatt im Knopfloch. Gertrud ein blaues Kleid mit hellen Streifen. Neben Gertrud hat sich Gudrun gesetzt, die jugendliche Schwiegertochter. Sie hat den Alten etwas Kostbares gebracht: ein Album mit Bildern von der letzten goldenen Hochzeit in der Familie. "1953 war das im Kottengraben in Sprockhövel. Dort hat die Urgroßmutter Ida gewohnt."

Wahnsinnige Bilder. So fremd und fern, als wären sie um die Jahrhundertwende in der Bretagne aufgenommen.

Vier alte Frauen sieht man des Weges kommen, alle vier in Schwarz. Alle vier mit hinten verknoteten Haaren, mit zahnlos eingefallenem Mund. Mit etwas krummen Beinen alle vier. Und eine trägt ein geflochtenes Kränzlein im Haar. Das ist die Urgroßmutter Ida, gerüstet zur goldenen Hochzeit mit ihrem Mann Ewald.

Die alte Gertrud Daube betrachtet das Bild mit höflichem Respekt. Aber ohne Neid.

"Gudrun", fragt sie, "wie gefällt dir meine neue Dauerwelle? Der Friseur ist heute morgen um elf eigens ins Haus gekommen."

Als hätte sie's nicht gehört, blättert die junge Gudrun im Familienalbum weiter. Zu sehen ist jetzt eine gewaltige Schlachtpfanne mit Panhas, einem alten westfälischen Gericht aus Wurstbrühe, Hackfleisch und Buchweizenmehl. Dahinter, an langer Stange, hausgemachte Würste. Und eine Kinderbadewanne voll selbstgemachtem Kartoffelsalat.

"Ja ja", sagt die alte Gertrud, "das war alles so schwer verdaulich." Sie klappt das kostbare Familienalbum zu. "Du, Gudrun", sagt sie, "willst du nicht lieber diesen Smoked Salmon probieren? Er ist frisch aus Irland eingeflogen nach Düsseldorf."

Heinrich Daube hat bisher nichts gesagt. Jetzt schüttelt er den Kopf: "Merkwürdig, wie sich die Jungen wieder für diese alten Bräuche interessieren. Meine Frau und ich sind da anders."

Abschied von Kaiser Wilhelm, Aufbruch in die Moderne – das waren die zwanziger Jahre. Das ist heute noch genauso, auf der goldenen Hochzeit, das Lebensgefühl des Ehepaares Daube.

"Ich ging aufs Büro arbeiten, als Stenotypistin", erzählt sie. "Es war ein großer Spaß. Wir waren ja die erste Generation von Frauen, die so etwas durften." Abends trieb sie Gymnastik, Schwimmen und Tennis.

Übers Wochenende fuhr sie zu Stenographie-Wettbewerben nach Frankfurt, Stuttgart und Berlin. Dann, 1936, konnte sich Gertrud den ersten selbstverdienten Urlaub leisten.

Eine ganz moderne Liebe: Im Urlaub haben sich die beiden kennengelernt. Und dann, vor 50 Jahren, eine ganz moderne Hochzeit. "Ins Restaurant gingen wir", sagt er. "Es gab Spargel mit Roastbeef", sagt sie. "Und als Dessert Eis", sagt er. "Komm, Heinz", sagt sie, "hör auf mit den alten Geschichten. Frau Schüler wartet auf uns am Büfett."

Wie sie sich jetzt am Büfett festlich lächelnd gegenübertreten, die Daubes und die Schülers, würde niemand ahnen, daß es die gefürchtete Schlacht ums Büfett sehr wohl gegeben hat – nicht heute, wohl aber in den Tagen zuvor. Ein halbes Dutzendmal mußten Schülers das Menü ändern. So erbittert war im Haus Daube das Tauziehen zwischen den Generationen.

Bei den Vorspeisen haben sich die Alten mit ihrer Liebe zum Fortschritt fast ganz durchgesetzt. Gekochter, auch geräucherter Lachs mit Dillsauce, Ostsee-Aal und Forellen, das ist ganz in ihrem Sinn. Aber bei den Melonenschiffchen hat's Zoff gegeben. Und so gibt es jetzt, als Zugeständnis an die Sehnsucht der Jungen nach wilhelminischer Ursprünglichkeit, zur Melone statt Parmaschinken original westfälischen Knochenschinken. “Uralt”, sagt Ingrid Schüler pietätvoll, “vier Monate abgehangen.”

Stärker noch hat das jugendliche Traditionsbewußtsein das warme Büfett geprägt. Rinderbraten und Schweinebraten – dieses klassische Muster des deutschen Festessens, die Jungen haben’s schließlich durchgesetzt. “Aber schauen Sie genau hin”, sagt Ingrid Schüler hinter vorgehaltener Hand, “wie modern die Alten es anschließend wieder verfremdet haben.”

Aus dem phantasielosen Rinderbraten ist ein raffinierter Rotweinbraten mit Rosinen geworden. Aus dem plumpen Schweinebraten wurde eine subtil dekorierte kalte Platte mit zarten Medaillons.

Und statt des echten westfälischen Kartoffelsalats, den die Jungen unbedingt haben wollten, hat die alte Gertrud kühn ein Kartoffelgratin dauphinois bestellt.

Zum Braten reicht der Party-Service Schüler einen Château Tour des Combes 1979. Banausen würden diesen Wein als Sensation des Abends feiern. Aber Daubes sind Kenner. Kenner wissen es längst: Gute Bordeaux-Weine sind im Ruhrgebiet lange nicht so teuer wie in München oder Hamburg. Im Laden wie im Restaurant,

Beschwingt begibt sich Heinrich Daube zurück an seinen Ehrenplatz am Kopfende der Tafel, Er zählt die Häupter seiner Lieben, und wie er auf der linken Tafelseite den 21jährigen Enkel Kai erblickt, lacht sein Auge. Im selbstgeschneiderten New-Wave-Frack, in verwegenen Bundfaltenhosen, in spätgotischen Schnabelschuhen ist Kai das modische Ereignis von Sprockhövel.

Doch dann, wie er den Blick zur rechten Tafelseite schweifen läßt, umflort sich Heinrich Daubes Auge. “Da drüben”, sagt er, “sitzt der Baurat Hetschold. Wissen Sie, wer das ist?”

Nein, Aber wir ahnen es. Der Baurat Adolf Hetschold hat das Neubaugebiet Im Eicklöhken überwacht. Wie alle, die Im Eicklöhken gebaut haben, haben auch Daubes zwanzig Jahre lang mit dem Baurat Hetschold gestritten. Jetzt, auf der goldenen Hochzeit, gehört er schon richtig zur Familie.

“Eins verblüfft mich”, sagt Heinrich Daube. Genau fünfzig Einladungen hat er verschickt, eine nach der anderen, gerade so, wie ihm und semer Frau die Namen einfielen. Und jetzt? “Jetzt sind es exakt 25 Verwandte und, mit dem Baurat, exakt 25 Nachbarn. Können Sie mir das erklären?"

Nein. Aber es gibt einen, der es erklären könnte. Das ist der Bochumer Soziologe Heiner Treinen. "Überall an der Ruhr ist das so", sagt er, "auf den Familienfesten sind etwa die Hälfte Nachbarn."

Das Ruhrgebiet ist wie ein riesiger alter Baum, in dessen weitem Geäst sich fünf Millionen Menschen wie Vogelschwärme in immer neuen Gruppierungen niederlassen. Jede Generation bricht auf und siedelt neu. Nur ein paar Kilometer weiter. Aus Hattingen ist Heinrich Daube gekommen, in Bochum wohnte Gertrud, als er sie kennenlernte. Im Eicklöhken in Sprockhövel haben sie neu gesiedelt. Und alle, die mit ihnen gesiedelt und die gleichen Schwierigkeiten durchgestanden haben, gehören nach zwanzig Jahren zu ihnen, als war's die Familie. "Das ist das Ruhrgebiet", sagt Professor Treinen, "im Grund eine amerikanische Lebensart mitten in Europa."

"Von diesem Professor habe ich gehört", sagt Gertrud Daube argwöhnisch. "Er soll auf allen goldenen Hochzeiten im ganzen Ruhrgebiet herumschleichen." – "Ich habe ihn schon gesehen", sagt Heinrich, "er hat sich unter Schülers Büfett versteckt."

Das ist ein merkwürdiger Mensch, der Heinrich Daube. Mit 83 ist er der lebendigste, der witzigste, der weltoffenste im ganzen Eicklöhken. Und nur die wenigsten kennen das Geheimnis seiner jugendlichen Frische. "Mein Mann", sagt Gertrud Daube, "hat sich ein Leben lang in der evangelischen Kirche engagiert. Nicht daß er fromm wäre. Aber man muß etwas tun für andere."

Weizsäcker im kleinen. Was heute abend in Sprockhövel feiert, ist nicht das feinste, aber das erlesenste Milieu in Deutschland: das protestantische Bürgertum.

Nur einmal an diesem langen Sommerabend übermannt den Heinrich Daube die Traurigkeit: "Ich hätte mir gewünscht, daß heute abend der Bürger- und Gesangverein ein Ständchen bringt." Es gibt den "Bürger- und Gesangverein Sprockhövel" nicht mehr. "Drunten im Hammertal die Waldeslust singt auch nicht mehr."

68 Vereine hatte Sprockhövel zu Kaisers Zeiten. Und jeder hatte jeden Monat eine Veranstaltung. Fast nichts ist davon geblieben. Der Bürger- und Gesangverein war zuletzt eine Skatrunde. "Und jetzt ist gar nichts mehr."

"Heinrich", sagt Gertrud tröstlich, "so schlimm ist es nicht." Die Vereine sind zwar tot. Aber gefeiert wird in Sprockhövel weiter. Sogar mehr als zuvor.

Drei Generationen sind die Daubes. Gertrud zählt sie an den Fingern auf: "Heinrich, Gertrud, Isolde, Dieter, Heinz-Gerd, Gudrun, Ortwin, Ellen, Christina, Kai, Alexandra, Verena, Holger, Kerstin." 14 Geburtstage. Und jeder Geburtstag ist ein großes, nächtelanges Fest. Die Nachbarn sind dabei. Und Daubes sind bei den Nachbarn dabei. "Vorgestern waren wir bei Langewiesches auf dem Polterabend", erzählt die 77jährige. "War das ein Fest."

Sie zählt weiter auf: Weihnachten, Ostern, Muttertag, Pfingsten. Silber- und Goldhochzeiten ringsum. Die Kindstaufen samt den Nachfeiern zu den Kindstaufen. Das große Nachbarschaftsfest beim Bauern Klewer. Der Eicklöhken kommt aus dem Feiern niemals heraus.

In diesem Augenblick geht ein Schrei des Entsetzens durch die ausgelassene Runde. Was ist los? Natürlich Kai. Der mit dem verwegenen Frack. Den ganzen Kopf hat Kai in die Tiramisu-Schüssel gesteckt.

So was. Schon gestern war das ein Kampf ums Tiramisu. Alles andere war bereits abgemacht. Aber beim Dessert sind die Jungen wieder gekommen. "Opa", hat Kai zu Heinrich gesagt, “man feiert kein Fest mehr ohne Tiramisu.”

Und jetzt das. Der Party-Dienst Schüler nutzt die Aufregung, um unauffällig zu verschwinden. “Wir machen das nach einer Weile immer so”, sagt Ingrid Schüler. “Das ist ja das Schöne an dieser neuen Art zu feiern. Die Leute können unter sich sein.”

Draußen geht ein frischer Nachtwind durch die roten Buchen auf dem Kirchplatz. Sprockhövel liegt im Frieden des Herrn. Nur von fern weht der Wind noch ein paar Klänge herbei von Daubes goldener Hochzeit. Horch, nun singen sie doch: “Lustig ist das Zigeunerleben ... ”

Skandal auf Celebes

Die Leiche liegt im Haus seit 28 Jahren. “Es ist meine Mutter”, sagt mein Gastgeber mit fast unbewegtem Lächeln, “trotzdem begrabe ich sie nicht. Jedenfalls vorläufig nicht.”

Wir sind in Buka Buntao, einem Dorf im Land der Toraja hoch droben in den Bergen der indonesischen Insel Celebes, auch Sulawesi genannt. Es ist kein kleiner Mann, der mit mir spricht. Sampe Lita Danduru ist ein Topakua; das heißt: In dem kleinen Bergbauernvolk der Toraja gehört der 58jährige zum höchsten Adel. So weit das Auge reicht, sind alle Reisfelder sein.

“Ich weiß”, sagt Sampe Lita Danduru gelassen und deutet über die Reisfelder hinüber zum Liang, zum Felsengrab seiner Ahnen, “das ganze Land spricht von einem Skandal.”

Es *ist* ein Skandal. Die strenge Sitte der Toraja schreibt vor, daß das alljährliche Büffelopfer vor dem Sippengrab so lange nicht stattfinden darf, wie ein Toter unbestattet im

Haus liegt. Auch die Tau-Taus, die hölzernen Ahnenfiguren vor dem Grab, dürfen so lange nicht gepflegt, ihre Kleider nicht erneuert werden. Nach 28 Jahren ohne Pflege ist das Adelsgrab der Dandus gräßlich verwahrlost. Zerfallen, zerlumpt, verschlissen wie die Bettlergruppe in der Dreigroschenoper blicken die Ahnenbüsten herab auf den unwürdigen Nachkommen. Die stumme Anklage aus dem Jenseits schreckt ihn nicht: "Ich will keine Beerdigung. Die Leiche bleibt im Haus."

Im Herbst, wenn die Arbeit in den Reisfeldern ruht, ist bei den Toraja die Zeit der Totenfeiern. Überall im Lande wird dann beerdigt. "Nehmen Sie selber an einem solchen Begräbnis teil", sagt Sampe Lita Danduru, "vielleicht verstehen Sie dann, was ich dagegen habe." Er winkt einen nervösen Jüngling herbei: "Das ist mein Neffe Oktofianos Pasolang. Er wird Sie im Jeep nach Langda bringen."

Weniger als 20 Kilometer sind es von Buntao nach Langda. Aber die Straße ist ein einziges Geröllbett. Es ist auch schon elf Uhr. "Hoffentlich kommen wir nicht zu spät zu der Beerdigung", sage ich. "Wir kommen auf jeden Fall zu spät", antwortet Oktofianos milde, “das Begräbnis in Langda hat vor elf Monaten angefangen.”

Dann eine Szene von theatralischer Unwirklichkeit. Langda hat eigentlich nur 400 Einwohner. Aber eigens für diese Totenfeier ist ein ganzes Dorf in die Landschaft gebaut worden, oder besser: eine Arena von Gästehäusern rund um den Rante, die Opferwiese. Die Beerdigung strebt offensichtlich einem neuen Höhepunkt entgegen. Denn von allen Seiten strömen Trauergäste herbei: mit Büffeln und mit Schweinen, mit langen Bambusrohren voller Palmwein, mit Hausrat, Kind und Kegel. Für 8000 geladene Gäste ist das Trauerdorf gebaut. Mindestens ebenso viele ungeladene Gäste drängen sich dazwischen. Durch das erdrückende Menschengewimmel führt Oktofianos uns zum reich verzierten Sippenhaus der Familie Lebang. Drinnen im ersten Stock liegt die Leiche aufgebahrt.

Nene Lebang ist 97 Jahre alt geworden. In seiner Jugend war er noch Kopfjäger. Später war er Toparrenge, Häuptling seines Dorfes. Er war von höchstem Adel, ein Topakua. Vier Frauen hat er gehabt und eine Geliebte. Aber zu den wirklich führenden Männern im Land der Toraja hat er nicht gehört. Daß dennoch ein so unglaublicher Aufwand um seine Beerdigung betrieben wird, liegt an der Religion.

Hoch oben in den Bergen von Celebes haben die Toraja eine uralte Stammesreligion bewahrt. Sie ist viel älter als der Islam unten an der Küste, viel älter als der Hinduismus drüben auf Bali. Heute stirbt dieser alte Glaube. Mehr als die Hälfte der Toraja ist bereits christlich getauft. Aber unverändert halten sie an der alten Begräbnissitte fest, auch wenn viele deren Sinn schon nicht mehr verstehen.

Nach diesem alten Glauben nämlich gipfelt das Dasein eines Menschen im Tod. Dann will die Seele eingehen nach Puja, in den Himmel. An der Pforte zu Puja aber steht der Gott Ponglalongdongna. Jedem, der ankommt, stellt er die furchtbarste aller Fragen: "Welcher Klasse, o Seele, war dein Begräbnis?"

Da hat es dann die proletarische Seele überraschend leicht. Sie braucht nur "Kuakua" zu sagen, das heißt "Begräbnis 13. Klasse". Nur ein Schwein wurde für sie geopfert. Trotzdem darf sie gleich rein nach Puja. Ponglalongdongna schaut vor lauter Verachtung gar nicht näher hin. Diese Seele wird nämlich im Jenseits nur eine Sklavenrolle spielen.

Eher aber geht ein Kamel durch ein Nadelöhr als eine hochadelige Seele ein nach Puja. Diese Seele wird ja auch im Jenseits ein Halbgott sein. Da schaut Ponglalongdongna ganz streng nach, ob alles im Detail stimmt mit dem “Dirapai”, dem Begräbnis erster Klasse. Dieses höchste Ritual aber ist so aufwendig und kompliziert, daß die ganze Verwandtschaft eines toten Topakua auf Jahre hinaus nur noch mit Beerdigen beschäftigt ist.

Strapaziös ist das Dirapai-Begräbnis vor allem für die trauernde Witwe. Schwarz verhüllt kauert sie oben im ersten Stock neben der Bahre. Soeben ist der Tote eingesargt worden. Aber gestorben ist er schon vor mehr als zwei Jahren.

Mehr als zwei Jahre lang hat die trauernde Witwe – wie die Religion es befiehlt – nachts im Ehebett neben der Leiche gelegen. Sie hat ihren toten Mann mit Blättern bedeckt, um die Verwesung aufzuhalten. Treulich hat sie das Leichenwasser in Bambusrohre abgeschöpft. Täglich hat sie dem Toten das Essen angeboten, Kautabak, Betelnüsse und Zigaretten. Ein Jahr lang. Dann hat die eigentliche Beerdigung mit einem ersten Zyklus von sieben Zeremonien begonnen. 28 Büffel und über 100 Schweine wurden geopfert. Seither ist die trauernde Witwe auch verpflichtet, streng zu fasten. Fast ein Jahr lang ist ihr zum Beispiel das Hauptnahrungsmittel Reis verboten.

Fast fünf Wochen dauert dieser zweite Zyklus von Begräbniszeremonien in Langda. Mit Stier- und Hahnenkämpfen, mit feierlichen Prozessionen durch die Reisfelder, mit der Empfangszeremonie für die geladenen Gäste, mit Büffel- und mit Schweineopfern, mit Totenklage und mit Trauerchören.

Abend für Abend, sobald es dunkel wird, sammeln sich unten auf der Opferwiese die jungen Männer im Kreis. Nach jeder Strophe des eintönigen Sprechgesangs dreht sich der Trauerchor rhythmisch einen Schritt.

Dann, nach Mitternacht erst, kommen mit einemmal die Mädchen. Sie haken sich ein in den Klagechor. Mit einem kleinen Finger bei dem jungen Mann zur Rechten, mit einem kleinen Finger bei dem jungen Mann zur Linken. Blik-ke werden heimlich getauscht. Aus dem kleinen Finger wird ein Händchen. Dann verschwindet links ein Paar zwischen den Reisspeichern. Rechts schlägt sich ein Paar in den Bambushain. Ein paar Monate nach so einer großen Beerdigung wird dann überall im Land geheiratet. Dafür setzen sich die Eltern bei einer Tasse Tee zusammen und legen schriftlich fest, wer wem im Falle einer Scheidung wie viele Büffel schuldet. Aber gefeiert wird die Hochzeit überhaupt nicht. Die einzigen Feste im Leben der Toraja sind Beerdigungen.

Ein Trauergast in Langda, der Lehrer Pabisa, erzählt: "Mit dem Streit ist es bei uns nicht anders als mit der Liebe, beides findet vorwiegend auf der Beerdigung statt." Da bringt der eine dem andern zur Beerdigung seines Vaters ein Schwein, Der andere ist empört und behauptet, vor 30 Jahren habe sein eigener Vater zur Beerdigung des Großvaters des jetzigen Trauergastes einen kleinen Büffel gespendet, Augenzeugen? Sie sind tot. "Oft sitzen wir dann nächtelang zusammen, um nach der Beerdigung wieder Frieden zu stiften." Größere Beerdigungen enden fast alle vor Gericht.

Mit der Ernährung ist es auch nicht anders. Das Jahr über sind die Mahlzeiten der Toraja äußerst karg: eine Schale Reis, fast kein Gemüse, selten ein bißchen Huhn oder gedörrtes Fleisch. Dann mit einemmal im Herbst brechen die großen Protein-Orgien los. Denn es wird beerdigt.

"Darf ich vorstellen", sagt Oktofianos stolz am Morgen des siebten Tages in Langda unten auf der Opferwiese, "darf ich vorstellen: Lomo, der größte Schlächter von Torajaland, weltberühmt durch das amerikanische Fernsehen!"

Langsam zieht Lomo den Kopf eines Opferbüffels am Nasenring hoch. Zärtlich krault er ihm die schutzlose Kehle. Dann schlägt er wie der Blitz mit dem Schwert zu.

Das Blut schießt wie eine Fontäne aus der klaffenden Halswunde. Der geopferte Büffel taumelt noch ein paar Schritte. Dann bricht er zusammen. Jetzt stürzt sich jauchzend ein Schwärm von Kindern auf das sterbende Tier. Sie stoßen ihm Bambusrohre in den offenen Hals, um das Blut der Hauptschlagader aufzufangen. Dazu über alle Lautsprecher das begeisterte Gebrüll des Polizeichefs von Toraja, eines Großneffen des Verstorbenen. Und hinter den Kindern her stürzt sich ein zweiter Schwarm von Vampiren auf den Kadaver. Das sind die Touristen mit ihren Kameras.

Täglich fallen ganze Kolonnen von Deutschen, Franzosen und Schweizern über das Totenfest in Langda her. Gewiß, die Landschaft hier in den Bergen von Celebes ist eine der schönsten der Welt. "Aber", sagt Renate Fichtner, Reiseleiterin bei Touropa, "ich hatte bisher eine einzige Gruppe, die die Landschaft sehen wollte. Alle anderen haben nichts im Kopf als Begräbnisse." Selbst der

Tourismus hier ist ein reiner Beerdigungstourismus.

Drei Tage lang hat Lomo zugeschlagen. 75 Büffel und 149 Schweine haben ihr Leben gelassen, auf daß ihre Seelen in Puja dem verstorbenen Nene Lebang dienstbar seien.

Dann verkündet Polizeiboß Ernst Lebang über Lautsprecher eine Sensation: "Heute nacht gibt's Kino!" Tatsächlich fährt um acht Uhr eine Propagandakolonne der indonesischen Regierung vor. Auf der heidnischen Opferwiese, die noch vom Blut und Kot der Büffel dampft, wird eine riesige Leinwand aufgespannt. Bis nachts um zwei gibt es nebst billiger Unterhaltung hauptsächlich politische Propagandafilme zu sehen. Begeistert jauchzt die Trauergemeinde Beifall. Vom Kopfjägertum zum Faschismus ist nur ein Schritt.

Polizeichef Lebang sieht das nicht so grundsätzlich: "Was wollen Sie? So viele Leute haben wir hier nur bei Beerdigungen beisammen. Also müssen wir auch die politische Propaganda auf Beerdigungen machen."

Wie so viele Männer seines Schlags hat auch der Polizeichef von Langda zwischendurch ganz unvermittelt das Bedürfnis, ein Mensch zu sein. Mit gönnerhafter Gebärde lädt er mich am Morgen des neunten Tages zum Frühstück ein. Er öffnet einen Koffer. Ein dicker Packen Papier quillt heraus. Ungefragt legt der Polizeiboß die ganze Buchhaltung der Trauerfeier in Langda auf den Tisch.

Das Baumaterial fürs Totendorf kam aus eigenen Bambushainen. Gratis waren auch die Arbeitskräfte. Noch immer machen die Kaunan, die Nachfahren der Sklaven, solche Arbeiten für ihre Herren umsonst. Trotzdem hat allein die Vorbereitung dieses zweiten Teils der Trauerfeier 30 Millionen Rupien gekostet. Für örtliche Verhältnisse ist das eine monströse Summe.

Kein Wunder, daß die Toraja sich als Gastarbeiter bis nach Singapur verdingen. Die Erträge der Reisfelder und der Viehzucht würden für die Lebenden reichen. Aber sie reichen nicht für die Toten.

Am teuersten sind die Opfertiere. Binnen zwei Jahren sind für den Seelenfrieden des Verstorbenen über hundert Büffel und viele hundert Schweine hingemetzelt worden. Die meisten Büffel – sie haben umgerechnet bis zu 6000 Mark gekostet – hat Polizeichef Lebang beigesteuert. Er möchte ja erben. Denn die Reisfelder des Toten werden nicht nach dem Verwandtschaftsgrad verteilt, sondern proportional zur Zahl der Büffel und Schweine, die jeder Verwandte geopfert hat. Lebang hat wahrscheinlich längst schon mehr

Geld in die Beerdigung gesteckt, als jemals bei der Erbteilung für ihn rausschauen wird. Mitgeerbt werden nämlich auch die Schulden, die auf den Reisfeldern lasten. Es sind Schulden aus vorausgegangenen Beerdigungen.

Beim Frühstück ist der Polizeichef Ernst Lebang mit einemmal gar nicht mehr so arrogant, wie wenn er mit Pistole und gezogenem Schlagstock durch die Trauergemeinde schreitet. Die bange Frage steht ihm ins Gesicht geschrieben: Wird schon das nächste Begräbnis in der Lebang-Sippe ein Dipasang-Bongi-Begräbnis sein?

Das ist ein Begräbnis neunter Klasse. Die Priester haben diese Begräbnisklasse extra eingerichtet für adelige Familien, die sich durch vorausgegangene Beerdigungen derart verschuldet haben, daß sie einfach nicht mehr können. Dipasang-Bongi stellt sicher, daß die heruntergekommene Adelsseele nach Puja hereingelassen wird. Allerdings nur auf einen ganz niedrigen Platz. Und das irdische Prestige der Familie ist natürlich nach einem Dipasang-Bongi-Begräbnis ruiniert.

Bedrückendes Vorzeichen: Am Ende der fünften Woche ist es nur noch ein kleiner, bescheidener Haufen von engen Verwandten, der den Sarg des Nene Lebang zur letzten Ruhe im Liang, im Felsengrab, geleitet. Das schwer zugängliche Grab dort oben ist gesichert durch die drohende Wächterfigur des Tau-Tau.

Denn der liebe Verstorbene nimmt nicht nur die Seelen der geopferten Büffel und Schweine nach Puja mit, sondern auch alle seine Wertsachen. Der Sarg ist vollgestopft mit Schmuck und Gold. Der tote Onkel nimmt wahrscheinlich mehr mit in seine Gruft als alles, was die lebende Familie Lebang nach dieser strapaziösen Beerdigung noch auf der Bank hat.

Die Witwe nimmt den Schleier ab. Die Beerdigung ist zwar noch nicht zu Ende, wohl aber das Fasten, Nächstes Jahr aber beginnen die "Riten der aufgehenden Sonne". Durch sie erst wird die Seele des Toten im Jenseits zum Tomembali Puang, zum Halbgott.

Dieser nächste Ritus ist nicht mehr ganz so teuer. Aber er ist genauso langwierig und kompliziert. Und inzwischen stirbt vielleicht auch schon der nächste Onkel. Die Familie Lebang wird wohl nie mehr aus dem Beerdigen rauskommen.

So ist das im Lande der Toraja: Die Lebendigen leben nur für ihre Toten. Mit einer einzigen Ausnahme: Sampe Lita Danduru, der Mann, der sich seit 28 Jahren weigert, seine tote Mutter zu begraben. Auf der Terrasse seines Hauses in Buka Buntao sitzt Danduru. Man hört den Wind in den Bambushainen flüstern. Welche Ruhe hier, welches Glück, welcher Wohlstand.

“Was wird geschehen, Herr Danduru, wenn Sie selber eines Tages sterben und Ihre Mutter noch immer nicht begraben ist?” Die Antwort kommt blitzschnell: “Dann schreibt die Sitte der Toraja vor, daß ich vor meiner Mutter beerdigt werde.”

Die Nacht bricht hier, wie überall in den Tropen, ganz unvermittelt herein. “Bevor Sie gehen”, sagt Danduru, “bitte ich Sie, meiner Mutter eine Zigarette anzubieten.” Die Sitte der Toraja verlangt das. Solange eine Leiche nicht bestattet ist, soll der Gast des Hauses ihr – als wäre sie nur krank – einen Besuch machen und ihr eine Zigarette oder eine Betelnuß anbieten. “Sei so nett, Oktofianos”, sagt Danduru, “und leuchte unserem Gast hinauf in den ersten Stock.”

Was ich gesehen habe, war so schrecklich nicht. Die Leiche liegt im Haus seit 28 Jahren. Sie stinkt schon längst nicht mehr.

Karneval das ganze Jahr

In einer trüben Novembernacht stießen wir die Tür zu einer Kneipe in Köln-Nippes auf. Und starrten in ein Spektakel, das uns den Atem verschlug.

Ein "Stamm" von etwa dreißig "Negern" tobte, von schwarzer Schuhwichse triefend, durch das Lokal. Manche tanzten, viele standen auf den Tischen. Auf dicke Trommeln schlugen sie so wahnwitzig ein, daß der Lärm noch dem Gast an der Tür den Leib massierte, als ginge er nicht durch die Ohren, sondern durch den Bauch.

Kein Wort. Nur, als die Trommeln schwiegen, aus allen Kehlen der gleiche rauhe Urschrei. Und bis zur Decke ein Gewoge von Federn. In allen Schießbudenfarben. Es waren diese Federbüsche, die die massigen schwarzen Leiber ins Riesenhafte zu vergrößern schienen.

Über all den tanzenden und trommelnden Leibern aber thronte einer unbewegt auf einer Kommode in der Ecke. Ein enormer schwarzer Fleischkloß. Auf dem Kopf trug er einen umgebauten Eishockeyhelm, behangen mit Fellen, Skelettknochen und Federn. So blickte der Häuptling, selig lächelnd, herab auf seinen tobenden Stamm.

Das ist der neue Untergrund der Kölner Folklore.

Den "Negern" nachforschend, stießen wir auf Stämme von "Buschjägern", "Kannibalen", "Kopfjägern" und "Menschenfressern". Dann auf "Wikinger", "Indianer", "Römer" und "Gladiatoren". Auf "Steppenkrieger" jeder Art: "Mongolen", "Tataren", "Barbaren" und – weitaus am zahlreichsten – auf Dutzende von "Attilas" mit ihren "Hunnenhorden". Ein Gewimmel von über hundert Stämmen, die meisten erst in den letzten Jahren gegründet. Deutschlands wichtigstes urbanes Brauchtum, der Kölner Karneval, mutiert. Und es werden da nicht etwa nur die Pappnasen ein bißchen länger oder ein bißchen kürzer. Dies ist, bis in die innersten Gene der Folklore, eine doppelte Mutation.

In seiner klassischen Geschichte der "Kölnischen Fastnacht" beschreibt Joseph Klersch, wie die Kirche im antiken Köln die unterschiedlichsten heidnischen Lustbarkeiten zurückgedrängt hat hinter eine "harte, bis auf die Stunde festgelegte Begrenzung". Das ist der Aschermittwoch, mit dem die Fastenzeit beginnt. Dieser kalendarische Riegel gab fortan dem Karneval seine Form, seinen Sinn und seine innere Spannung. Anderthalb Jahrtausende hat er gehalten. Jetzt ist der Riegel gesprengt.

Unbekümmert um alle Riten der Katholischen Kirche feiern die neuen Kölner Stämme das ganze Jahr. Ihre größten und schönsten Gelage sind im hohen Sommer, wenn sie in den städtischen Parks und auf den Rheinwiesen ihre Jurten, Krals, Wagenburgen oder Tipis aufstellen. Und wenn die "Wikinger" die anderen Stämme ins Fort X einladen, dann geht es an Weihnachten zu wie an Weiberfastnacht.

Dekadenz in Köln heute wie damals in Venedig vor dem Untergang, als das ganze Jahr nur noch Karneval gefeiert wurde? Nein, etwas gänzlich anderes. Köln ist zweimal verwüstet worden. Zuerst im Krieg und dann im Wiederaufbau. In dieser doppelten Zerstörung ist vielen Kölnern der Karneval zur Heimat geworden, und zwar das ganze Jahr.

"Wir kamen aus der Evakuierung zurück, aus Schlesien, wo wir vor lauter Heimweh das ganze Jahr Karnevalslieder gesungen hatten", erinnert sich Andreas Frank, der alte Häuptling der "Vringsveedeler Dschongelbrööder",

der Dschungelbrüder aus dem Vringsviertel. Aber nichts war mehr in Köln "wie vordem". Alle äfften nur noch die Amerikaner nach. "Selbst im Karneval sah man lauter Cowboys und Sheriffs. Da haben wir gesagt: 'Wir machen jetzt das reine Gegenteil, wir gründen einen Negerstamm.'"

Bewahrung des Eigenen unter der Maske des gänzlich Fremden. Und ein Lied ging durch den Kölner Karneval, das die ganze Bundesrepublik erobern sollte: "Wir sind die Eingeborenen von Trizonesien ... "

Im Wiederaufbau sind die Kölner ein zweites Mal vertrieben worden. Aus ihren angestammten "Vierteln", an denen sie mit Leib und Seele hingen, hinaus in neue Vorstädte, die ähnlich gesichtslos sind wie die Suburbs von Singapur oder die Banlieue von Paris. Es ist diese architektonische Steppe rund um Köln, wo es heute von Steppenkriegern nur so wimmelt.

Der Fremde, der auf eine der traditionellen "Prunksitzungen" des Kölner Karnevals gerät, kommt sich, aller Schunkelei zum Trotz, vor wie auf einem Wohltätigkeitsball in der amerikanischen Provinz. Genauso begütert ist das Publikum im Saal, genauso bejahrt, genauso langweilig. Das Publikum, das auf den neuen Kölner Stammesfesten feiert, ist radikal anders. Wer es kennenlernen will, der besucht am besten einen Attila zu Hause.

Hans Zeyen, Attila im "1.Flittarder Hunnejeloch" (Hunnengelage), wohnt im Vorort Flittard in einem Block des sozialen Wohnungsbaus, wie er trister nicht aussehen könnte. Doch in seiner Wohnung im ersten Stock herrscht das blühende Leben. Obwohl Attila selbst noch nicht von der Arbeit zurück ist, kommt, durch die offene Tür, den ganzen Nachmittag über der halbe Stamm hereingetrudelt. Ein paar ältere Ehepaare sind dabei, in der Mehrheit aber Jugendliche um zwanzig, die alle ungleich lieber mit Attila in den Schlachtruf "Shan-Yü!" einstimmen, als sich im "Haus der Offenen Tür" pädagogisch betreuen zu lassen. 79 Mitglieder zählt diese Hunnenhorde nach sieben Jahren, darunter 27 Kinder. Auf der Couch im Wohnzimmer ist die Stammesmutter Doris Zeyen, "Attilas Lieblingsweib Ildico", für alle da.

Manchmal wird ein Stammtisch zum Negerstamm oder ein Fußballklub zur Hunnenhorde. Fast immer aber fängt es so an wie mit den Hunnen in Flittard: Ein paar Leute, die im gleichen Kostüm Karneval gefeiert haben, gehen nachher nicht mehr auseinander. Sie fangen an, ihre gesamte Freizeit gemeinsam zu gestalten. Vor allem im Sommer, wo man heute zum Feiern ge-nausoviel Zeit hat wie einstmals im Winter.

Was auffällt, ist der Umgangston bei Attilas zu Hause. Er ist von sanfter Herzlichkeit und doch jeden Augenblick zur Eulenspiegelei bereit. Eine ganz alte stadtkölnische Lebensart ist das. Alle, die sie noch gekannt haben, sehnen sich nach ihr zurück. In einer Hunnenhorde draußen in den Wohnblöcken von Flittard blüht sie ungebrochen fort.

Attila ist von Beruf Maschinist. Der Schamane des Stammes ist Automechaniker. Insgesamt reicht die Spanne der Berufe etwa vom Hausmeister bis zum Fernmeldetechniker bei der Post. Wer lange sucht, findet natürlich auch in einem Negerstamm einen Studienrat, in einer Hunnenhorde sogar einen Art-director. Das sind aber Ausnahmen. Ob Hunnen oder Neger, Indianer, Wikinger oder Römer, alle, fast alle, entstammen der gleichen sozialen Schicht. Es sind unselbständige Handwerker.

Das ist die zweite Mutation. In seiner "Kölnischen Fastnacht" kommt der Stadthistoriker Klersch immer wieder auf die "Banden der Gesellen" zurück, die mit ihren selbstgemachten Kostümen, mit ihren spontanen "Zügen" durch die Gassen der Stadt dem alten Kölner Karneval sein plebejisches Gepräge gaben.

Bis die Preußen kamen. Sie mochten diese unkontrollierte, volkstümlich derbe Kölner Fastnacht nicht. Um dem drohenden preußischen Verbot des gesamten Karnevals zuvorzukommen, schufen deshalb die Kölner Romantiker um Ferdinand Franz Wallraf um 1823 in aller Eile jene bürgerlich verfeinerten, organisierten und leicht kontrollierbaren Rituale, die – mit "Festkomitee", "Dreigestirn", "Prunksitzungen" und "Rosenmontagszug" – selbst den Preußen ein gönnerhaftes Schmunzeln entlockten. Jetzt, mit den neuen "Stämmen", sind, im revolutionären Purzelbaum, die alten "Banden" wieder da. Der ursprünglich plebejische vorpreußische Karneval kehrt zurück.

Es war höchste Zeit. Gerade weil sie niemals alt war, wirkt die romantische Hochliturgie des Kölner Karnevals heute hoffnungslos veraltet. Ihre preußischen Realitätsbezüge haben die Formen aus dem 19. Jahrhundert längst verloren. "Die Uniformen zum Beispiel", sagt der Historiker Martin Stankowski, "kommen mir vor wie Photokopien von Photokopien." –"Und mir", sagt der Ethnologe Robert Schumacher, "kommt der Rosenmontagszug vor wie eine schlechte Kopie von

Phantasialand." Wozu man wissen muß, daß Phantasialand, vor den Toren Kölns gelegen, eine schlechte Kopie von Disneyland ist.

Mit all dem machen die neuen "Stämme" Schluß. Mit der teuren, langweiligen Uniform vom Schneider genauso wie mit der rasch und billig aufgesetzten Pappnase aus dem Warenhaus. Dies sind alles Handwerker und Menschen, denen es nur so in den Fingern juckt, ihr Narrenkleid bis zum letzten Nadelstich selbst auszuhecken, selbst zu schneidern. Ein solches Maß an handwerklichem Können, an schöpferischem Spaß des Selbermachens steckt in den neuen Stammeskostümen, daß manche sich messen können mit den schönsten Masken der Basler Fasnacht.

Deutsche Handwerker sind deutsche Kleinbürger. Nichts geht ihnen, frei nach Tucholsky, über das Geschichteln. "Manche treiben den Fimmel mit der historischen Exaktheit so weit, daß sie am liebsten den TÜV-geprüften Hunnen einführen möchten", klagt Wolfgang Merker, als "Eskam" Schamane des "Flittarder Hunnejelochs". Das Erstaunliche ist, daß zum Schluß jeder anders aussieht als der andere.

Und einer schöner als der andere. "Das liegt wahrscheinlich daran", vermutet Eskam, "daß wir Plünderer sind. Schon zu Attilas Zeit haben wir Hunnen uns unsere Götter genauso zusammengeplündert wie unsere Trachten. Und wenn wir gerade ein christliches Kloster ausgeräubert hatten, liefen wir als Mönche rum." Stolz fügt er hinzu: "Wir Hunnen sind die eigentlichen Vorreiter der mobilen Gesellschaft."

Unglaublich viel Urlaubsplunder wird kunstreich verarbeitet. Plunder aus Kenia bei den "Negern"; Plunder aus Arizona bei den "Indianern"; Plunder aus Ungarn, aus der Türkei, ja aus der Mongolei bei den "Hunnen". "Alle Deutschen stopfen sich ihre Häuser mit Urlaubserinnerungen voll", sagt Eskam, "wir sind die einzigen, die etwas Rechtes daraus machen."

Und wie mit dem Urlaubsplunder, so mit dem Plunder der historischen Bildung. Aus allen Medien rieselt er auf das deutsche Volk herab. Die Kölner Stämme können sich rühmen, als einzige, ganz handwerklich, etwas daraus zu machen. Aus historischen Fernsehserien und populären Sachbüchern, aus Comics, aus Filmen und Museen plündern sie die Einfälle für ihre Kostüme ebenso zusammen wie für ihre Zeremonien.

Als Zeremonienmeister ist der Schamane nach dem Häuptling in fast allen Stämmen der wichtigste Mann. Wenn Dutzende von Hunnenhorden sich gegenseitig auf ihren Gelagen Besuche abstatten, dann müssen sich Dutzende von Attilas einander gegenübertreten. Eine heikle Situation. Der Schamane überspielt sie mit geheimnisvollen Beschwörungen und geistreichen Predigten. Selbst die "Wikinger" haben inzwischen, ganz unhistorisch, ihre "Schamanen". Ein "Rat der Schamanen" ist das einzige gemeinsame Organ der Stämme.

Ein neuer Klerus wächst da im Kölner Karneval untergründig heran. Vor allen Dingen nämlich ist der Schamane Seelsorger seines Stammes. Alle kommen zu ihm mit all ihren persönlichen Nöten. "Im Augenblick muß ich mich gerade um eine Scheidung kümmern", seufzt Eskam. Morgen kann es ebensogut eine Hochzeit sein.

Den Ethnologen Robert Schumacher erstaunt das sehr. "Karneval", meint er, "war doch stets dazu da, die allzu engen, allzu festen sozialen Bindungen für kurze Zeit zu lockern, zu durchbrechen." Die neuen Stämme tun das Gegenteil. Sie schaffen engere und festere Beziehungen, und zwar dauerhaft. "Das ist neu", wundert sich Schumacher, "ein Karneval, der nicht mehr die Welt auf den Kopf stellt, sondern sich selbst."

Im Karneval mag das neu sein. Aber lange vor den neuen “Kölner Stämmen” sind die *urban tribes* in amerikanischen Großstädten aufgefallen. Paris hat seine “Zoulous” fast so lange wie die englischen Großstädte ihre Skinheads. Im Balkan und im Kaukasus sind es junge Männer mit bester Schulbildung, die sich scharenweise zurückverwandeln in kompromißlose Stammeskrieger.

“Tribalismus”, die Flucht aus der offenen Gesellschaft oder, abwertend ausgedrückt, aus der anonymen Massengesellschaft, zurück in den Stamm, das ist nichts spezifisch Kölnisches, sondern am Ende dieses Jahrhunderts ein elementarer Drang rund um die Welt. Was anderes als städtische Stämme sind zum Beispiel die Banden von jungen Türken und von jungen Deutschen, die sich in Berlin gegenseitig totschlagen?

“Das ist der ganze Unterschied”, sagt der Kölner Psychologe Hermann-Josef Berk. Wenn sich in Leipzig ein paar junge Deutsche zu einem Stamm zusammentun, dann halten sie als erstes Ausschau nach einem Fremden, den sie zusammenschlagen können. Wenn dagegen eine neue Horde von jungen Hunnen durch Köln gelaufen kommt, dann halten sie sehnsüchtig Ausschau nach kleinen Kindern, denen sie *Kamelle* (Bonbons) schenken können. “Die Motive mögen auf der ganzen Welt die gleichen sein", meint Berk, "die Frage ist, warum aus gleichen Motiven in Köln etwas anderes wird."

Kein einziger Kölner Stamm ist abgeschlossen und nach außen aggressiv. Dafür sind sie alle viel zu neugierig. Auch viel zu gesellig. Sie könnten einander die Köpfe einschlagen, aber es macht ihnen ungleich mehr Spaß, sich gegenseitig auf ihren Gelagen zu besuchen. Zu Tausenden strömen inzwischen die ganz gewöhnlichen Bürger im September in den Volksgarten, um die "1.Kölner Hunnenhorde" bei ihrem Stammesfest freundlich zu *belure* ("belugen", bestaunen). Und die fremden Kinder toben durch alle Jurten. Die uralte Kultur des Karnevals schafft eine Stimmung, in der das Fremde nicht befremdet, sondern, gerade wenn es spektakulär auttritt, belustigt.

Diese Stadt, in der die Bürger sich ungeniert zusammenrotten zu "Hunnenhorden" und zu "Negerstämmen", ist die einzige deutsche Großstadt, in der es keine Ausschreitungen gegen Fremde gibt. Stolz verkünden die Stadtväter auf den Plakatwänden, Köln sei eben immer schon eine tolerante Weltstadt gewesen. "Unsere ersten Kölner waren alle Ausländer."

Na ja. Die römische "Kolonie" war in

Wirklichkeit finsterste Provinz. Auch heute ist Köln alles andere als eine Weltstadt. Dies ist, um im Bild zu bleiben, ein Negerdorf mit einer Million Einwohnern. Es gibt in Deutschland überhaupt keine Weltstadt. Was Köln vor andern auszeichnet, ist eine äußerst schöne, spielerisch gekonnte Form der Provinzialität.

Man stelle sich vor, der neue Chef der Leipziger Stadtverwaltung würde sein Amt antreten mit der Aufforderung "Nehmt mich auf in eure Seilschaft!" Oder der neue Oberstadtdirektor von Dortmund träte vor den Rat mit den Worten: "Nehmt mich auf in euren Filz!" In Köln aber konnte ein Oberstadtdirektor, Kurt Rossa, sich dem Rat vorstellen mit der feierlichen Bitte: "Nehmt mich auf in euren Klüngel!" Und nicht nur der Rat, die ganze Stadt war begeistert.

Und wie mit dem "Klüngel", so mit den "Stämmen". Was andere mit tierischem, ja tödlichem Ernst betreiben, in der uralten Lebensart der Kölner wird es zum lustvollen Spiel. "Ein kleiner Unterschied", meint der Psychologe Berk, "und doch ist es der ganze Unterschied zwischen Barbarei und Kultur."

Bella gerant alii – mögen andere sich totschlagen, du glückliches Köln, feiere Karneval mit allen deinen Stämmen!

So ist das mit der Einsamkeit

Stockdunkel liegt die Mitternacht über den Bergen bei Sankt Gallen. Auf dem Einödhof "Schlossweid" ist Hans A. Pestalozzi unruhig vom Bett aufgestanden. Er steigt in seine viel zu großen Gummistiefel und tritt ein paar Schritte hinaus vors Schindelhaus. Unter einem alten Nußbaum bleibt er stehen. Dann verschränkt er beide Hände vor dem Mund zu einem hohlen Trichter, preßt die Daumen an die Lippen und ahmt den nächtlichen Schrei der Eule nach: "Uhuuu! Uhuuu!"

Totenstille. Als lebte hier oben, im ganzen Steintal, kein Mensch, kein Tier. Beim dritten Mal erst ein ferner Antwortruf: "Uhuuu! Uhuuu!"

Ein Steinkauz. Lautlos durch die Nacht gleitend, kommt die Eule, mit jedem Ruf und Gegenruf, ein Stück näher geflogen. Bis sie mit einem Mal, jäh über Pestalozzis Kopf, im Geäst des Nußbaums sitzt. Mit einem Schrei, der, aus der Nähe, so schauderbar ins Mark und durch die Seele geht, daß dieser Vogel im

Aberglauben aller Völker als Todesbote gilt: “Uhuuu! Uhuuu!”

“So ist das mit der Einsamkeit”, sagt Hans Pestalozzi. “Tagelang, im Winter wochenlang, hast du hier oben keinen Menschen, mit dem du reden kannst. Zuerst sprichst du dir selber noch Trost zu und Tapferkeit.

Bis du es vor lauter Einsamkeit im Bett nicht mehr aushältst und du froh bist, wenn du um Mitternacht mit einer Toteneule reden kannst.”

Kaum ein schmerzliches Erlebnis ist so vielen Menschen im Innersten gemein wie die Einsamkeit. Doch gehört es zur Einsamkeit, daß jeder glaubt, er sei mit dieser Erfahrung gänzlich isoliert. “Daß es mich treffen könnte”, sagt Hans Pestalozzi, “ausgerechnet mich, wenn mir das einer vor ein paar Jahren angekündigt hätte, ich hätte ihm den Vogel gezeigt.”

Pestalozzi war, als ich ihn besuchte, 58. Aber schon mit 25 saß er in der obersten Etage des schweizerischen Milliardenkonzerns Migros. Unter seiner Leitung wurde die Managerschule dieses Konzerns in Rüschlikon am Zürichsee zu einer der aufregendsten Denkfabriken der siebziger Jahre. Wie in einem Bienenhaus gingen die kritischen Geister Europas und Amerikas bei Pestalozzi ein und aus. Ihn selber rückte seine radikale Kritik am Wachstumsdogma der Wirtschaft in den Mittelpunkt internationaler Aufmerksamkeit.

Es wurde auch nicht einsam um Hans Pestalozzi, als der Migros-Konzern den selbstkritischen Manager 1979 entließ. "Aussteiger", sagt er selber, "waren ja gerade Mode." In allen deutschen Fernsehprogrammen wurde der Musteraussteiger aus der Schweiz begeistert herumgereicht. Wie ein berühmter Wanderprediger oder Popstar zog Pestalozzi durch Deutschland. Sein Buch "Nach uns die Zukunft" wurde zur Bibel der Alternativen.

Die achtziger Jahre gingen ins Land. Aussteiger waren nicht mehr Mode; das deutsche Medienspektakel um den schweizerischen Aussteiger war aus. Etwa zu gleicher Zeit gingen seine drei Kinder, die er nach der Scheidung allein aufgezogen hatte, aus dem Haus. Der Einödhof in den Bergen gehörte ihm, zufällig starb gerade der Pächter. Hans Pestalozzis Erfahrung mit der Einsamkeit begann.

Vom Keller bis zum Giebel hat er das vergammelte Schindelhaus innen so behaglich erneuert, daß sich auch der Besucher vom ersten Augenblick an wie zu Hause fühlt. Draußen ranken sich, noch auf 800 Meter Höhe, die Reben hoch. Darum herum liegt ein blühender Obstgarten. Geht Pestalozzi über die Weiden, so wirft ihn Django, sein 90 Kilo schwerer Bernhardiner, vor Begeisterung immer wieder ins Gras. Zwei Dutzend Toulouser Gänse wackeln in Einerkolonne hinter ihm her. Und wo er in die Ställe kommt, ist es ein einziges Freudenspektakel. Der kleine selbstversorgende Bauernhof, den dieser Mann sich ganz allein aufgebaut hat, ist schön wie eine Arche Noah.

"Ein Paradies", sagt er selber stolz. "Aber mitten in diesem Paradies bin ich an Einsamkeit fast zugrunde gegangen."

Nach all den Jahren des Tumults hatte er mit einem fest gerechnet: "Da oben bist du mit dir selber allein. Da kannst du schöpferisch sein. Die tollsten Bücher hatte ich vor." Nichts ist daraus geworden. Im Gegenteil, je besser er fertig wurde mit der Einrichtung des bäuerlichen Betriebs, je mehr Zeit er für sich selber fand, desto stärker erfaßte ihn ein Gefühl der inneren Unrast, der Schwäche und der Leere. "Ich brachte in der Einsamkeit kein Wort hervor."

Statt schöpferischer Inspiration nagende Selbstzweifel. Der Medienrummel mochte es eine Weile verdeckt haben, jetzt aber wurde dem ehemaligen Manager klar, daß ihn die Entlassung durch seinen Konzern so schwer geschädigt hatte wie jeden kleinen Arbeitslosen. "Mit der Arbeit hatte ich meinen Lebensraum verloren, die Freunde und Mitarbeiter, mit denen ich von morgens bis abends diskutiert und gestritten hatte." Jene blendenden Ideen und Formulierungen, die Pestalozzi berühmt gemacht haben, kamen aus der Zusammenarbeit, aus Diskussion und Streit. "Aus der stillen Tiefe meines Selbst, das weiß ich jetzt, kam nichts."

Auch sein Vorfahre, der Erzieher Johann Heinrich Pestalozzi (1746 - 1827), war ein Querkopf, den die schweizerische Gesellschaft in die Einsamkeit getrieben hat. Nicht umsonst trägt sein klassisches Selbstbekenntnis den Titel "Abendstunde eines Einsiedlers". Aber noch in der schlimmsten Verlassenheit hat der alte Pestalozzi einen Gesprächspartner gehabt. So laut und leidenschaftlich betete er dann zu Gott, daß man's durch alle Wände hören konnte. Als ränge Jakob mit dem Engel.

Heute ist das anders. "Schlaflos liegst du da", erzählt Hans Pestalozzi, "hörst hinaus in die lautlose Stille, hörst nächtelang in dich hinein. Aber da ist keiner, der dir zuhört, keiner, der dir antwortet. Von einem göttlichen Gesprächspartner keine Spur."

Statt himmlischer Erleuchtung brach über

die “Schlossweid” das Weihnachtsfest herein. Das ganz gewöhnliche Weihnachtsfest der einsamen Leute. “Der Heilige Abend hier”, berichtet er, “war so gottvergessen und brutal, daß ich verstand, warum bei den alten Griechen die Verbannung eine schlimmere Strafe war als der Tod.”

Kein Trost mehr, wie sonst oft, im selbstgebrauten Holundersekt, kein Trost mehr in der ganzen Arche Noah. “Mit Schafen verstehe ich mich besonders gut. Aber was nützt dir ein Schaf, wenn dir ein Mensch fehlt. Mit dem Schaf kannst du in Ewigkeit nicht reden.”

Er blickt über seinen Hof hinaus auf die Hügel des Toggenburg. Dahinter säumt sich der Gipfelkranz der Churfirsten. Eine Landschaft ist dies, wie sie die deutschen Romantiker erträumt haben, wenn sie die “Trösteinsamkeit” priesen.

“Nie hatte es einer in der Einsamkeit so schön wie ich hier”, sagt Hans Pestalozzi. “Wenn ich trotzdem so elende Erfahrungen mache, wie geht es dann wohl erst den Millionen Menschen, die unter viel schlechteren Bedingungen in die Einsamkeit geraten?”

*

Magna Civitas magna solitudo. “Je größer die Stadt”, sagten die Römer, “desto größer die Einsamkeit." Zwischen allen Wolkenkratzern, mitten im brandenden Verkehr der amerikanischen Großstadt Boston, hat Robert S. Weiss sein Büro. Der 61jährige Gelehrte der University of Massachusetts hat einen seltenen Beruf. Er ist Einsamkeitsforscher.

Vor 25 Jahren hat Weiss die empirische Einsamkeitsforschung begründet. In Boston und Baltimore, in New York und Los Angeles widmen sich heute ein Dutzend amerikanische Wissenschaftler diesem Grenzfach zwischen Soziologie, Psychologie und Medizin. Weiss selber ist vor allem durch "sorrow research" hervorgetreten; das sind Untersuchungen über den Trennungsschmerz bei der Scheidung und über das Leid beim Tod der Eltern oder des Lebensgefährten.

Wie er so am Fenster steht und hinausschaut ins Gewühl, glaubt man dem hageren weißhaarigen Gelehrten auf den ersten Blick, daß er mit der Einsamkeit seine eigene Erfahrung hat. Er spricht mit jener erlesenen, souveränen Bescheidenheit, wie man sie manchmal bei Menschen findet, denen es in lebenslanger Anstrengung gelungen ist, die eigene Schüchternheit zu überwinden. "25 Jahre sind in der Forschung eine kurze Zeit", sagt er. "Ich weiß nicht viel." Plötzlich wirft er den Kopf zurück: "Aber ich wundere mich sehr."

Professor Weiss wundert sich über die maßlose Diskrepanz zwischen Dichtung und Wirklichkeit des Alleinseins. “Ich habe”, sagt er, “viel Literatur lesen müssen.” Er zieht die Braue hoch: “Sehr viel deutsche Literatur.”

Mit Rainer Maria Rilke “in den Alleen hin und her unruhig wandernd, wenn die Blätter treiben”, erfuhr der amerikanische Gelehrte alles über die schmerzlichsüße Selbstfindung der deutschen Seele in “existentieller Einsamkeit”. Bei Thomas Mann las er alles über die “schöpferische Einsamkeit” tragischer Künstler am Rande zerrütteter Familien. “Mitten in Hermann Hesses ‘Steppenwolf’”, sagt er leise, “habe ich dann aufgehört. Ich konnte da nicht den geringsten Bezug zur Wirklichkeit erkennen.”

Weiss hat ein Vierteljahrhundert lang vereinsamte Menschen nach ihren tatsächlichen Erfahrungen befragt. Er faßt das Ergebnis so zusammen: “Einsamkeit ist ein ganz gewöhnliches Gefühl. Es zeigt einen Mangelzustand. Bewältigt werden kann Einsamkeit nur durch die Schaffung der fehlenden Bindungen und Beziehungen zu anderen Menschen.”

An diesem ganz gewöhnlichen Gefühl ist nichts Unergründliches. “Man kann es beschreiben, erklären und verstehen, am einfachsten aus dem Trennungsschmerz.”

Jedes Kind weiß, was Trennungsschmerz ist. Es erfährt ihn jedesmal, wenn die Eltern gerade nicht verfügbar sind. Tiefer erlebt der Erwachsene den gleichen Schmerz, wenn er den Freund verliert oder den Lebensgefährten. "Diesem Trennungsschmerz", sagt Robert Weiss, "ist Einsamkeit eng verwandt. Einsamkeit ist ein Trennungsschmerz, der sein Objekt verloren hat."

Je größer die Menschenmenge um ihn herum, desto trostloser erfährt der Einsame selbst die Objektlosigkeit seines Bedürfnisses nach Freundschaft und Liebe. Umgekehrt fühlt sich, wer einen Freund hat, auch dann nicht einsam, wenn er allein ist. "Das Wissen, daß der Freund auf jeden Fall zu mir stehen wird, wenn ich ihn brauche, genügt."

Weiss gebraucht, als Gegenbegriff zur Einsamkeit, den englischen Begriff "attachment", der Freundschaft und Liebe einschließt, jedoch nicht unbedingt Sexualität. "In zahllosen Fällen", sagt er, "halten Menschen ohne Sexualität in tiefer Freundschaft zusammen."

In einem Punkt ist sich der amerikanische Forscher seiner Ergebnisse sicher: "Es ist kein Unterschied zwischen Mann und Frau. Beide Geschlechter leiden unter der Einsamkeit gleich." Wohl darf der Mann sein Leid nicht so zeigen. Aber das macht die Sache nur für seine Mitwelt leichter, nicht für ihn selbst. In amerikanischen Nervenheilanstalten trifft es auf einen einzigen verheirateten Mann, der zum Zeitpunkt der Einlieferung mit seiner Frau zusammenlebte, fast genau 50 (fünfzig) Männer, die zum Zeitpunkt der Einlieferung geschieden, verwitwet, ledig oder von ihrer Frau getrennt waren.

Eine ähnlich beklemmende Statistik über den Zusammenhang zwischen männlicher Einsamkeit und Gesundheit gibt es auch aus Deutschland: Katholische Geistliche sterben bei uns etwa zehn Jahre vor ihren evangelischen Amtsbrüdern. "Daß der Mann eine besondere Berufung zum einsamen Heldentum habe, zum lonely wolf", sagt Robert Weiss, "ist nichts als ein besonders männliches Märchen."

Besondere Mühe hat Weiss darauf verwandt, den Gefühlsablauf im vereinsamten Menschen bis ins einzelne zu studieren. Daß Verzweiflung, Traurigkeit, depressive Hilflosigkeit und ein Gefühl allgemeiner Sinnlosigkeit der Welt dazugehören, mag weniger überraschen als dies: In viel stärkerem Maße als vermutet leidet der Einsame an seelischer Ruhelosigkeit. Die innere Unrast äußert sich in nervöser Langeweile, Angespanntheit, Angst, übersteigerter Wachsamkeit, Schlaf- und Appetitlosigkeit. “Betrachtet man diese Empfindungen im Detail”, sagt Robert Weiss, “so ist keine einzige darunter, die dem Menschen helfen könnte, zu sich selbst zu finden und schöpferisch tätig zu sein.”

Thomas Mann hat es sehr wohl gewußt. Während er in seinen Romanen die schöpferische Einsamkeit des tragischen Außenseiters pries, hielt er sich im wirklichen Leben ganz bewußt an das, was ihn in Wahrheit schöpferisch machte: an sein schönes Familienleben.

Und wie ist es mit den großen Schöpfern der christlichen Einsamkeitsmystik? Der heilige Antonius, der Gründer des abendländischen Mönchtums, saß in seiner Einsiedelei bei Theben keineswegs einsam, sondern umstaunt von etwa 9000 Jüngern. Auch Simeon der Säulenheilige stand nicht auf seiner Säule, um dort oben die Einsamkeit zu genießen, sondern um besser gesehen zu werden von den gewaltigen Pilgermassen, denen er jeden Nachmittag um vier eine donnernde Predigt über die Einsamkeit hielt. Der Mystiker Eckhardt gar, der Erfinder der deutschen Seeleneinsamkeit, war, als er seine großen Predigten über die “Abgeschiedenheit der Seele” hielt, der vergötterte Lieblingspater in allen rheinischen Frauenklöstern.

Selbstfindung, Selbstverwirklichung, göttliche Erleuchtung in der Einsamkeit – woher kommt der enorme Publikumserfolg dieses literarischen und religiösen Schwindels? Robert Weiss hält den Zusammenhang für eindeutig, “Das Schlimmste an der Einsamkeit”, sagt er, “ist der Verlust an Selbstwertgefühl. Um sich selbst zu mögen, ist der Mensch so angewiesen auf die Wertschätzung durch andere, daß Einsamkeit fast immer verbunden ist mit Selbstzweifeln und Selbstvorwürfen, ja mit grausamer Selbstverachtung.”

Sein schlechtes Selbstwertgefühl macht den vereinsamten Menschen zum idealen Opfer für die Fabrikanten mystischen Trosts. Da sitzt ein junger Mann trostlos daheim, weil er arbeitslos ist und keine Freunde hat. Aber nun liest er Camus oder Hesse und erfährt, daß er an etwas ganz Tiefsinnigem und Edlem leidet, eben an “existentieller Einsamkeit”. Er gerät ins Psychomilieu und hört erleichtert, daß er sich nur noch viel mehr als bisher mit der eigenen Seele beschäftigen muß, um “zu sich selbst zu finden”. Früher oder später liest er jene religiösen Schriften, die zumindest bei uns, im deutschen Sprachgebiet, das Thema “Einsamkeit” beherrschen. In Jesus Christus erlebt er die “Unendlichkeit des Alleinseins” (Gerhard Kölbel).

Alles Schwindel. Transzendentaler Schwindel. Der einsame Mensch fällt darauf herein, weil er in der Mystifizierung seines Leidens ein Stück von dem zurückgewinnt, was ihm so grausam fehlt: Achtung vor sich selbst, Liebe zu sich selbst.

Mit ändern Worten; Falscher Trost ist auch ein Trost. Soll man ihn dem einsamen Menschen nicht lassen?

Leicht vornübergebeugt steht der alte amerikanische Gelehrte am Fenster seines Büros und schaut hinaus in die Wolkenkratzerlandschaft von Boston. Dann nimmt er die Brille ab und sagt leise: “Unwahrheit hat einen Nachteil. Langfristig schadet sie viel mehr, als sie kurzfristig nützt. Die Mystifizierung der Einsamkeit führt den betroffenen Menschen immer weiter weg von der einzigen Frage, die in Wirklichkeit für ihn wichtig ist. Diese Frage lautet: Wie komme ich aus meiner Einsamkeit wieder raus?”

*

Verglichen mit schweizerischen Einödhöfen und mit amerikanischen Wolkenkratzern hat das Haus Johannes-Müller-Straße 4O in Köln einen angenehmen Hauch von rheinischer Gewöhnlichkeit. Und der Soziologe Dr. Karl Pütz, der hier eine kleine Beratungspraxis unterhält, sieht geradezu aus, als hätte sich in seiner fülligen Person der gesunde rheinische Menschenverstand verkörpert: "Esu (so) schlimm is et nit."

Dem Doktor Pütz wird ein ganz ungewöhnliches Geschick bei der Beratung vereinsamter Menschen nachgesagt. Er selber versteht den Andrang zu seiner Praxis nicht so recht: "Ich höre nur so aufmerksam wie möglich zu und gebe dann die allereinfachsten Rat schlage. Mein wichtigstes Rezept ist vierhundert Jahre alt."

In seinem großartigen Essay "Über die Einsamkeit" schreibt der französische Philosoph Montaigne (1533 - 1592), für ganz große Geister sei geistiger Trost in der Einsamkeit bestimmt das Richtige: "Aber nicht für mich. Ich bin ja nur eine gewöhnliche Seele. Mir helfen nur die körperlichen Annehmlichkeiten." Weil er keinen andern Menschen hat, der ihn verwöhnt, fährt Montaigne fort, müsse der vereinsamte Mensch zuerst lernen, "sich selber zu liebkosen, sich selber zu verwöhnen."

Am wichtigsten ist das Essen. Selbst Frauen, die ein Leben lang für andere fabelhaft gekocht haben, leben im Alter für sich allein von Kaffee und Keksen. "Kochen", sagt der Soziologe Pütz, "ist bei uns ein Ritual zur Zufriedenstellung anderer Menschen. Da hilft kein Zureden."

Doktor Pütz war schon ganz verzweifelt, als er eines Tages seinen Sohn Pavel beim Naschen in der Küche ertappte. "Zu meiner Verblüffung sah ich, wie der Junge ganz allein mit dem größten Vergnügen aß."

Naschen ist in unserer Kultur die einzige Art, allein lustvoll zu essen. "Einsiedlers Naschbüffet" heißt deshalb das Abendessen, das Doktor Pütz speziell für einsame Menschen entwickelt hat. In kleinen Portionen, schön im Halbkreis, stelle man sich alles auf den Tisch, was man gerne naschen würde: Datteln, Trauben, Birnen, Walnüsse, exotische Früchte aller Art. Dazu ein bißchen Pastete und Schinken, Joghurt, Quark, einen Roquefort, einen fließenden Camembert. Und frische Brötchen. Zwanglos, ohne jede Reihenfolge, greife man zu und verwöhne sich. Dazu serviere man sich einen Tee. "Also einen Kräutertee", sagt Doktor Pütz in aller Güte,"den zu kochen kann man auch noch der einsamsten Seele zumuten."

So wichtig wie das Essen ist für den Einsamen der Schlaf. Der bedeutendste Denker des Mittelalters, Thomas von Aquin, bezeichnet mitten in seiner "Summa theologica" das

“Schlafen und Baden” als ideale Heilmittel “gegen die Traurigkeit der Seele”.

“Da kommen die Einsamen alle zu mir und jammern über Schlaflosigkeit”, sagt Doktor Pütz. “Keiner scheint zu wissen, daß es ganz simple, materielle Vorkehrungen gibt, mit denen man sich selber schlafen helfen kann.”

Der eine braucht ein ganz abgedunkeltes Zimmer, der andere ein bißchen Schummerlicht. Der eine braucht abends eine Viertelstunde Jogging, dem andern tut es gut, sich so eiskalt abzubürsten, als wäre er Papst Leo XIII. “Lauter solche Dinge sind es”, sagt Doktor Pütz, “die jeder für sich ausprobieren muß, ganz experimentell. Für alle gemeinsam gilt nur eines: Jeder Einsame braucht unbedingt ein schönes großes französisches Bett.”

Der italienische Humanist Francesco Petrarca hat die Frauen sehr gemocht. Trotzdem stammt von ihm der Satz, daß nichts so großen Genuß bereite wie die “lectuli libertas”, die “Freiheit im Bett”. Wie göttlich schön ist es, sich ganz allein und ungestört im Bett nach allen Seiten zu recken und zu strecken.

Ist der Schlaf laut Sigmund Freud wie eine Rückkehr ins wohlige Alleinsein im Mutterleib, so bietet die Badewanne dieses Erlebnis in noch erquicklicherer Weise. “Nicht eine Dusche”, sagt Doktor Pütz, “eine Badewanne muß es sein. Ein richtiges, schönes, tägliches Schaumbad.” Ein Krimi gehört mit ins Bad, möglichst ein Maigret. Simenons große Verbrecher sind ja alle “de grands solitaires”, “große Einsame”. Einsamer als sie ist nur noch der Kommissar selbst.

Der Einsame muß lernen, so zärtlich wie eine Katze sich selbst zu pflegen und zu verwöhnen. Einmal stärkt das seine Gesundheit, was um so nötiger ist, als, nach dem Urteil amerikanischer Ärzte, einsame Menschen mindestens doppelt so häufig krank werden wie gesellig lebende. Zum ändern stärkt es sein Selbstwertgefühl, wenn er sich körperlich wohl fühlt. Mehr Selbstgefühl aber braucht der Einsame dringend; sonst fällt er unweigerlich jenen zum Opfer, die seine hilflose Sehnsucht nach Freundschaft ausbeuten wollen.

“Du mußt dich andern Menschen öffnen!” –“Du mußt auf andere Menschen zugehen!” Derlei wohlgemeintes Zureden, schrieb schon der französische Philosoph Chamfort (1740 - 1794), laufe darauf hinaus, dem einsamen Menschen zum nächtlichen Spaziergang zu raten, “wenn der Wald voll ist von Räubern”.

Es ist schwer, aus der Einsamkeit herauszukommen, weil es schwer ist, gute Gesellschaft zu finden. “Der einsame Mensch”, sagt Doktor Pütz, “halte sich an seine eigene, bittere Erfahrung und sei ganz bewußt mißtrauisch.”

Wie kann ein mißtrauischer Mensch Freunde gewinnen? Es gibt dafür einen einfachen, nüchternen, praktikablen Weg. Nichts bringt Menschen einander so glücklich näher wie das gemeinsame Interesse an Sachen.

Der beste Weg zum gemeinsamen Sachinteresse ist natürlich der Beruf. Aber es gibt andere Wege genug. In England ist die Volkshochschule ungewollt so etwas geworden wie ein nationales Institut für Ehe- und Freundschaftsvermittlung. Daß sich die Schweiz überhaupt noch fortpflanzt, liegt nicht zuletzt an dem breiten Angebot an abendlichen Fortbildungskursen der “Migros-Clubschule”. Während man gemeinsam Moorblumen bestimmt oder chinesische Schriftzeichen pinselt, lernt man sich heiter, zwanglos und unverbindlich kennen. Genau das Richtige für den einsamen, mißtrauischen Menschen.

Doktor Pütz berichtet von einer jungen Frau, die große Schwierigkeiten mit Männern hatte. Im Gespräch ergab sich überraschend, daß sie technisch interessiert war. “Ich habe ihr geraten, unter die Amateurfunker zu gehen. Da sind viele Männer und wenig Frauen. Jetzt klagt sie schon, daß sie zu viele Verehrer hat. Waren Sie übrigens schon mal hier in Köln im Französischen Kulturinstitut?”

Zum deutschen Vorurteil über die Franzosen gehört der Glaube, die französische Sprache sei etwas Feminines, etwas für Frauen. In französischen Kulturinstituten herrscht deshalb ein wahres Gedränge an schönen, unverheirateten, lernbegierigen Mädchen. “Unter diesen Umständen”, sagt Doktor Pütz, “frage ich einsame junge Männer immer erst mal, ob sie sich nicht für die französische Sprache interessieren.”

Hat der junge Mann gut geschlafen und gegessen, sitzt er auch noch, frisch gebadet, mitten unter schönen jungen Frauen, “dann”, so schließt der Doktor Pütz, “wird ihm früher oder später die Erkenntnis dämmern, die sehr bescheiden klingt und die doch weit über Hermann Hesse hinausführt: Esu schlimm is et nit.”

Auf den Spuren des Dionysos

Willst du mit eigenen Augen erleben, wie ein Gott nach Naxos fährt, so fahre nach München. Dort ist sie zu sehen, die schönste Weinschale der Antike. Sie zeigt Dionysos auf dem Weg zu seiner Lieblingsinsel Naxos. Das Schiff wird zum Delphin, der Mast zur Rebe, das Meer zu Wein. So kommt der Gott des Rausches und der wilden Liebe dahergesegelt. Dionysos, Griechenlands neuer Gott!

Gerade war den Griechen, im 7. Jahrhundert vor Christus, etwas Unverhofftes gelungen. Sie hatten Ordnung in ihre Welt gebracht. In der Familie herrschte Ordnung. Ordnung in der Polis und somit auch, einigermaßen, Ordnung im Himmel. Genau zwölf Göttinnen und Götter saßen im Olymp, jeder und jede auf ihrem festen Sitz. Endlich Ordnung – sogar in der Religion. Beim Zeus!

In diesem Augenblick kam er: Dionysos für die einen, Bacchus für andere, nicht zufällig ein Gott mit vielen Namen. Auf jeden Fall der 13. Gott. Die Unordnung in Person. Umtanzt von einem gehörnten und geschwänzten Gefolge von religiösen Rowdies, von johlenden Satyrn und Silenen, von liebestollen Bacchantinnen, von entfesselten Mänaden, so stürzte der neue Gott halb Griechenland in religiöse Raserei. Und die andere Hälfte in aufgeklärtes Entsetzen. Nachlesbar als klassische Tragödie: In den "Bakchen" beschreibt Euripides, wie der neue Kult in der Stadt Theben das Unterste zuoberst kehrt: "Die Weiber haben Haus und Herd verlassen, angeblich gottbegeistert." Er schildert, wie König Pentheus die bacchantische Raserei, im Namen von Vernunft und Ordnung, polizeilich aufhalten will und wie er dabei, von der eigenen Mutter in Stücke gerissen, zugrunde geht, "mit Klagegebrüll durch wuchtige Weiberhand".

In modernen Ohren klingt das nach Frauenbewegung. In der antiken Wirklichkeit war es das Gegenteil. Nirgendwo spiegelt sich das deutlicher als in den Mythen um Dionysos auf Naxos. Wie Ariadne, die schöne Königstochter aus Kreta, am Strande von Naxos, vom geliebten Mann treulos verlassen, in Tränen zerfließt; wie dann ein Gott durch die Zykladen angesegelt kommt, um, so nachzulesen im "Großen Pauli", "den tiefen Seelenschmerz des gequälten Weibes" zu stillen; wie Dionysos Ariadne in seine göttlichen Arme nimmt: wie sie, von ihm beseelt, einem Feuerwerk gleich aufsteigt, um sich am Himmel über Naxos zum Sternbild zu verklären – das ist keine Emanzipation, sondern das Gegenteil: Es ist Erlösung.

Ein Trost: Auch griechische Männer gaben sich der dionysischen Erlösung in Scharen hin. Mit den großen Veitstanz-Hysterien des Mittelalters haben manche Historiker die Schwärme rasender Dionysos-Jünger verglichen, die über die Städte und Dörfer der Hellenen herfielen und überall das gleiche Chaos stifteten wie in Theben. Griechenland, die erste Kultur der kritischen Vernunft, wäre, so urteilt der britische Historiker Charles Seltman, untergegangen im religiösen Wahn, hätten nicht zwei Politiker von ungewöhnlichem Format gehandelt.

Voran ging Kleisthenes, der Tyrann von Sikyon. Kühn sorgte er dafür, daß der neue Gott im Allerheiligsten des Apollon, in Delphi selbst, eine Art Lourdes-Grotte eingerichtet bekam. Auf der Welt paßten keine zwei Götter schlechter zusammen als Apollon, der Gott der lichten, ordnenden Vernunft, und Dionysos, der Gott berauschter Raserei. Aber lag nicht auch Naxos, die Insel des Dionysos, ganz nahe bei Delos, der Insel des Apollon? *Dieses* Orakel aus Delphi jedenfalls verstand ganz Griechenland: Die alte olympische Ordnung mußte, wie auch immer, der neuen dionysischen Unordnung Platz machen. Und die neue Unordnung mußte sich, wie auch immer, einfügen in die alte Ordnung.

Dem Signal aus Delphi folgte in Athen Peisistratos. Er lenkte die religiöse Unordnung in die geordneten Bahnen der großen Dionysosfeste, bei denen der neue Gott, auf einem "Schiffswagen" landend, die Stadt hochoffiziell in Besitz nehmen durfte. "Schiffswagen" heißt auf lateinisch *carrus navalis.* Daß davon unser Wort "Karneval" stammt, ist, wie so manches, was philologisch nicht stimmt, der Sache nach stimmig.

In einem athenischen Flecken an der Grenze zu Böotien wurde alsbald ein alter Dorfpriester ausfindig gemacht, der von sich behauptet, schon immer dem Dionysos gehuldigt zu haben. Das war nicht unbedingt gelogen. Schon zuvor war der fremde, wahrscheinlich aus Thrazien stammende Gott sporadisch verehrt worden. Und auf seinem Siegeszug durch Griechenland hatte er inzwischen zahlreiche lokale Wein-, Saft- und Phallus-Gottheiten assimiliert.

Unter dem patriotischen Vorwand, in

diesem athenischen Dorf, nirgendwo sonst, sei Dionysos geboren, wurde der verstörte Dorfpriester nach Athen zwangsumgesiedelt. Auch die paar bäuerlichen Maskentänzer, die zu dem schlichten Heiligtum gehörten, wurden mitgeschleppt. Sie nannten sich "Bocksänger", auf griechisch *tragodoi.* So willkürlich und abenteuerlich, wie er zuvor in Delphi zum Gespann Apollons geworden war, wurde Dionysos, der unernsteste aller Götter, jetzt Patron der Tragödie. Doch der politische Zweck wurde erreicht: Die anarchistische Szene um den neuen Gott wandelte sich zum Kulturbetrieb.

Zu lösen blieb das Problem der berauschten Hausfrauen, die – Euripides beschreibt es – in die Wälder ausschweiften, um dort mit den religiösen Rowdies, mit Satyrn und Silenen, dummes Zeug zu treiben. Gerade die Athenerinnen waren von altersher berühmt für ihre Liebe zur Amphore, und Aristophanes konnte sich in seinen Komödien des rauschenden Beifalls sicher sein, wenn er eine Frauenrunde über den Vorabend grübeln ließ. "Was taten wir?" – "Wir tranken." Durch die neue Schwärmerei drohte jetzt aus der alten Sucht eine regelrechte Religion zu werden.

Die Maßnahme war kühn: In Athen wurden die rasenden Weiber kurzerhand zu staatlichen Würdenträgerinnen erklärt. Und sie war erfolgreich: Staatlich anerkannt, verwandelten sich die Horden wild ausschweifender "Thyaden" binnen weniger Jahre in hochangesehene Hausfrauen- und Jungfrauen-Kongregationen.

Der Zugang zu diesen dionysischen Kultvereinen war verblüffend ähnlich geregelt wie heute in den Kölner Karnevalsvereinen die Aufnahme neuer Funkenmariechen. Außer erstklassigen familiären Beziehungen wurde von den Nachwuchs-Närrinnen, wie in Köln, vor allem eine ungewöhnlich robuste Konstitution verlangt. Eine furchtbare Strapaze stand nämlich jeder neuen Thyade bevor: Sie mußte an der Winterorgie teilnehmen, einer fast fünfzig Stunden dauernden Wallfahrt von Athen nach Delphi. Durchs rauhe, unwirtliche Gebirge, über steile, meist vereiste Pässe, Wo sie durch die Dörfer und die Städte gepilgert kamen, durch Eleusis und durch Theben, wurden die Athener Thyaden so begeistert gefeiert wie heute das Kölner Dreigestirn auf seinen rituellen Zügen durch die "närrischen Hochburgen".

Von diesen dionysischen Wallfahrtsfesten sind uns Beschreibungen erhalten, die detailliert genug sind, um endlich eine Antwort auf jene Frage aller Fragen zu gestatten, die Euripides in den “Bakchen” zu stellen so streng verbietet: Was war das eigentlich, ganz konkret, ein “Bacchanal”, eine “dionysische Orgie”? Zu diesen klassischen Zeiten war es ein klassisches Jugendfest mit Wein, Musik und Tanz. Zu später Nacht endete es in einer gewissen sexuellen Unordnung, für die der beste Kenner der Materie, Charles Seltman, den Begriff *lascivious rectitude* geprägt hat. Eine Art antike Weiberfastnacht muß sie gewesen sein, die Winterorgie der Thyaden auf der Wallfahrt von Athen nach Delphi.

Wie es weiterging mit der “Veralltäglichung” (Max Weber) des dionysischen Charismas in Athen, das fanden Archäologen um die Jahrhundertwende heraus, als sie, etwas nördlich vom Areopag, eine Säule ausgruben, die schon in römischer Zeit am Eingang eines dionysischen Heiligtums gestanden haben muß. Auf dieser Säule sind, 156 Zeilen lang, die gesammelten Statuten eines orgiastischen Vereins erhalten, der sich “Erster aller Bacchus-Vereine” nannte. An der Orgie teilnehmen durfte nur, steht da zu lesen, wer zuvor “beim Priester den üblichen schriftlichen Antrag” eingereicht hatte. Das “Eintrittsgeld” wurde auf 50 Denare festgelegt. Jünglinge, deren Väter bereits an der Orgie teilgenommen hatten, erhielten eine “Ermäßigung auf 25 Denare". "Nichtanständige oder Lärmende" hatten die Orgie unverzüglich zu verlassen. Die Inschrift schließt mit Regeln für die Kranzniederlegung beim Tod langjähriger, treuer Orgienteilnehmer.

Während er in Athen verspießerte, wurde der Dionysoskult auf Naxos kommerzialisiert. Allen Berichten zufolge hat der Wein der Insel in der Antike nicht besser geschmeckt als heute. Im besten Fall war er so etwas wie ein verschnittener Madeira. Dringend bedurfte er der Vermarktung. Das einzige Medium antiker Werbung aber war die Münze. Naxos, Chios, Lesbos machten so Reklame für ihre Weine: Münzen mit Reben, Münzen mit Keltern, Münzen mit Amphoren als Symbol. Und dann die große Idee der Weinhändler von Naxos: Auf allen Münzen der Insel wurde nicht mehr nur für Weintrauben oder dergleichen geworben, sondern mit dem Gott persönlich. Der Gott aus Naxos. Auf allen Münzen diese Botschaft: "Trink Wein aus Naxos, und du fühlst dich wie ein Gott."

Daß dem Mythos dieser Insel dennoch eine zweite mystische Blüte beschieden sein sollte, lag gewiß nicht an den Weinhändlern. Schließlich fand diese barocke Spätblüte gar nicht auf Naxos selbst statt, sondern in der fernen Großstadt Alexandria. Dionysos und Ariadne, Ariadne und Dionysos, die leidende Frau und der erlösende Gott: Diese Sorte *Unio mystica* mußte jenes urbane Milieu faszinieren, das in der Metropole damit beschäftigt war, griechische Mythen mit ägyptischen Mysterien zu Psycho-Kulten jeglicher Spielart zu verquicken.

Die berühmten Fresken der Villa dei Misteri in Pompeji haben ein paar Momente aus diesem dionysisch-orphischen Mischkult festgehalten, wie er im ersten Jahrhundert zahllose Menschen in seinen Bann zog: Eine vornehme Dame wirft sich schmachtend nieder vor dem Symbol des Dionysos, einem riesigen verschleierten Phallus; eine schüchterne Novizin wird mit Peitschenhieben ins Mysterium eingeweiht; ein nackter Knabe liest esoterische Weisheiten vor. Zur eigentlichen Liturgie gehörte ferner ein Krippenspiel um Dionysos, den Erlöserknaben, geboren aus einem allmächtigen Gott, Zeus, und aus einer reinen Frau, Semele. Auf dem Altar stand alles mögliche ägyptische Gerumpel, zum Beispiel ein heiliger Kreisel, als Spielzeug für das göttliche Kind. Dazu kamen, als Evangelium gelesen, die neuesten Mythen aus Alexandria: von Dionysos, wie er, mal gemartertes Kind, mal heiliger Opferstier, sein Leben dahingab für jene, die an ihn glauben. Schließlich, als liturgischer Höhepunkt, das Liebesmahl, in dem Verehrerinnen und Verehrer des Gottes einander näherkamen, indem sie das blutige Erlösungsopfer des Dionysos unblutig wiederholten: mit Wein statt mit Blut.

An irgend etwas erinnert uns das. Woran? Am ehesten wohl an den 1. Brief an die Korinther, 5. Kapitel, 1.Vers: "Unter euch, das sagen alle, ist *'porneia'*... " Martin Luther übersetzt an dieser Stelle *porneia* mit *hurerey.* Das ist zu grob. Nicht irgendeine weltlich harmlose *porneia* war eingebrochen in die Gemeinde zu Korinth und hatte sie um ihren christlichen Ruf gebracht: Nach dem Urteil des besten Dionysos-Kenners, des französischen Historikers Henri Jeanmaire, muß es eine höhere, eine heilige *hurerey* gewesen sein. Seit alters geübt im Vermischen von Kulten, hatten die Korinther Jesus mit Dionysos verquickt.

Gar sehr irrt Friedrich Nietzsche, wenn er den dionysischen Lebensrausch als den schieren Gegensatz zur christlichen Leidensmystik feiert. Für viele Menschen der späten Antike waren die beiden Mysterien einander ähnlich. Nicht nur in Korinth. Selbst in den Wandzeichnungen der römischen Katakomben sind christliche und dionysische Motive schwer unterscheidbar verbunden: "Ich der Weinstock, ihr die Reben" (Johannes 15,5). Gab es nicht in beiden Kulten ein Abendmahl und einen Erlöser? War nicht in beiden Kulten unablässig die Rede von der Liebe? Nächstenliebe oder *porneia*?So schnell war da für spätantike Seelen der Durchblick nicht gegeben. Bis ins 5. Jahrhundert wird Dionysos gelegentlich noch mit jenem Würdezeichen dargestellt, das er, weiß Gott, am wenigsten verdient hat: mit einem christlichen Heiligenschein.

Ein letztes Mal mußte Ordnung geschaffen werden. Und es kam einer, der Ordnung schuf. Was er sich wohl gedacht hat, der Apostel Paulus, als er, anno 53, auf seiner Fahrt durch die Zykladen, von Korinth nach Ephesos, an Naxos vorbeisegelte? Vielleicht, daß ein kleiner Unterschied ist zwischen Wahrheit und Mythos, auch wenn dies nicht für alle erkennbar war. Zwischen Nüchternheit und Rausch. Zwischen Keuschheit und *porneia.* Zwischen der gelebten Passion auf Golgatha und dem esoterischen Schwulst aus Alexandria. Zwischen Jesus und Dionysos, Vielleicht hat er gedacht, daß es Zeit sei. den Korinthern diesen kleinen Unterschied gleich nach seiner Ankunft in Ephesus schriftlich zu erläutern. Für Ordnung in der Frömmigkeit zu sorgen. Und zwar gründlich.

Es fiel ihm nicht einmal schwer. Ein "holdes Blütenalter der Natur", wie Friedrich Schiller wähnt, war es ja gar nicht, dem Paulus ein Ende setzte. Längst war das nur noch eine Welt von Sex-Kitsch und von Psycho-Aberglauben, von Spießbürgertum, Kommerz und Dekadenz. Da brauchte man nicht der Apostel Paulus sein, um zur Einsicht zu gelangen, daß, in sexuellen Dingen jedenfalls, Ordnung nicht nur besser ist als Unordnung, sondern auch origineller. "Hätte sie (die christliche Keuschheit) nicht wirklich den Zauber eines neuen Erlebnisses gehabt, einer herrlichen Freiheit und eines ungeahnten Abenteuers, nie hätte sie die europäische Welt erobern können", so erklärt Havelock Ellis, der britische Sexualpsychologe, den Triumph der paulinischen Moral und den fast widerstandslosen, ruhmlosen Untergang des Kultes der *porneia.*

Was bleibt, ist reine Schönheit. Fahre nicht nach Naxos. Fahre nach München, und versenke dich in die kostbarste Weinschale der Antike. Schließe die Augen, und wie ein Gott von Reben umrankt, von Delphinen umspielt, so segle, durchs "weindunkle Meer" der Griechen, im Geist zur Lieblingsinsel des Dionysos.

Ostern in Jerusalem

Was dich am meisten stört zu Ostern in Jerusalem, der Lärm, die Hetze, das Gedränge, die dreiste Geschäftemacherei, gerade das ist echt. Genauso war es, als Jesus einzog in Jerusalem. In dieser kleinen Stadt, die nach dem Zeugnis des Flavius Josephus 35000 Einwohner zählte, wahrscheinlich jedoch weniger, drängten sich zur Osterzeit, zur Passah-Wallfahrt, über 100 000 Pilger. Viele aus Übersee, aus den großen Städten ums Mittelmeer, in die, damals schon, die Mehrzahl der Juden ausgewandert war. Viele, wie Jesus, aus dem äußersten Norden Palästinas, aus Galiläa. So viele, daß die wenigsten in Jerusalem selber unterkamen. Auch Jesus nicht. Matthäus berichtet, wie Jesus abends, wohl zwei Wochen lang, zu Fuß hinabging in das östlich gelegene Dorf Bethanien, dort übernachtete und morgens, wieder zu Fuß, zurückkehrte nach Jerusalem.

Echt ist selbst das Tränengas, das dir in der Osterwoche manchmal, meist vom Damaskustor her, in die Nase sticht. So nervös, wie die israelischen Soldaten durch die Altstadt patrouillieren, den Finger ständig am Abzug, genauso nervös sind nämlich damals die römischen Wachen durch Jerusalem patrouilliert, um einer Intifada der "Zeloten" vorzubeugen, jener jüdischen "Eiferer", die sich am Passahfest zu Tausenden, den Dolch im Gewande, unter die frommen Pilger mischten.

Anders war nur eines. Der rationalistische Wust an Bescheidwissen, mit dem dir deine Studienführerin, von Sehenswürdigkeit zu Sehenswürdigkeit, quer durch Jerusalem den modernen Kopf vollstopft, dies blieb Jesus, dem Pilger aus Galiläa, erspart. Es hätte ihn auch nicht interessiert. "Du kümmerst dich um viele Dinge", hat Jesus zu Martha in Bethanien gesagt, "nur eines tut not" (Lukas 10,41 - 42). Als Jesus von Bethanien hinaufzog nach Jerusalem, war ihm nur eines wichtig: der Tempel. Ihn schau dir an, und alles andere vergiß.

Er ist enorm. Und er ist das einzige, was sich seit den Tagen Jesu in Jerusalem nicht wesentlich verändert hat. Auch wenn der protzige Säulenbau des Herodes, den Jesus sah, längst zerstört ist und an seiner Stelle jetzt der ungleich elegantere Felsendom der

Muslime steht. Geblieben ist doch, unzerstörbar, unveränderbar, der enorme Festungsbau, die Esplanade, auf welcher der Tempel stand. Ein Sechstel der Altstadt, stellenweise über vierzig Meter hoch aus Quaderblöcken gewaltig aufgeschichtet. Ein Monument steingewordener religiöser Unveränderlichkeit.

Betrachte diese sakrale Festung von Westen her mit den Juden: Scharenweise und doch hilflos verloren stehen sie vor der enormen Klagemauer. Betrachte sie, mit den christlichen Pilgern, vom Ölberg her, da wo Jesus, von Bethanien kommend, über Jerusalem geweint hat (Lukas 19,41): Vor dir liegt, in seiner steinernen Macht, der Potala des Westens.

Einmal nur habe ich eine ähnliche Erschütterung erlebt: in meiner katholischen Jugend, als ich den Vatikan zum erstenmal mit eigenen Augen sah. Auf der Stelle empfand ich leidenschaftlich die Notwendigkeit, dieses enorme Ding von Grund auf zu verändern; doch gleichzeitig sah ich, augenfällig vor mir, seine steingewordene Unveränderbarkeit.

Hat Jesus auf der Stelle zur Peitsche gegriffen, die Tische der Münzwechsler umgestoßen und die Händler aus dem Heiligtum getrieben (Johannes 2,15)? Hat er die Tempelpriester mit einem siebenfachen "Wehe euch!" allesamt verflucht (Matthäus 23,13-29)? Hat er, hier auf dem Tempelplatz, jene apokalyptischen Reden gehalten, in denen er einen universellen Aufruhr – "Volk gegen Volk, Königreich gegen Königreich" (Markus 13,8) – prophezeite?

David Flusser, der jüdische Jesusforscher, hält eines für gewiß: daß die Konfrontation unausweichlich war und daß sie sofort nach der Ankunft Jesu auf dem Tempelplatz begann. Mit einer "Reihe von Zusammenstößen zwischen Jesus und der Tempelhierarchie, in denen er bewußt der Handelnde ist und die Menge, der die sadduzäischen Hohepriester verhaßt sind, an sich reißt". So geriet Jesus an den Sadduzäer, der als Hohepriester und a!s Vorsitzender des Hohen Rates so etwas war wie der Tempel in Person: Joseph Kaiphas.

Achtzehn Jahre insgesamt war Kaiphas Herr über den Tempel. Eine fast päpstliche Amtsdauer. Was mag er gehalten haben von einem Wanderprediger aus Galiläa, der, kaum ein Jahr erst unterwegs, jetzt vor dem Tempel stand und prophezeite: "Kein Stein wird auf dem andern bleiben" (Markus 13,2)?

Knochentrocken, wie alle Sadduzäer, war Kaiphas. Er glaubte an den Gott Abrahams und diente ihm im Tempel. Aber an ein Leben nach dem Tod glaubte er nicht, Prophezeiungen und Wunder hielt er für baren Schwindel. Was hat er wohl gehalten von einem Wunderheiler, der bei Tag Tote lebendig machte und nachts auf dem Wasser wandelte?

Ein Realpolitiker war Joseph Kaiphas, stets darauf bedacht, mit der römischen Besatzungsmacht auszukommen, um so die religiösen Sonderrechte der Juden – die "Privilegia Judaica" – zu sichern. Was mag er gehalten haben von einem Messias aus Nazareth, der sich, mitten im Tempel, von den "Kindern", das heißt: von den nationalistischen Teenagern, mit "Hosanna dem Sohn Davids" bejubeln ließ (Matthäus 21,16)?

Zu jeder anderen Jahreszeit hätte Joseph Kaiphas sich mit einem Jesus von Nazareth gar nicht persönlich beschäftigt. Jetzt aber stand das Passahfest bevor, das Fest der Befreiung vom ägyptischen, vom fremden Joch. Eine unbesonnene Predigt auf dem Tempelplatz genügte, um in der überfüllten Stadt den Aufstand auszulösen. Schon war, höchst ungewöhnlich, Pontius Pilatus aus seiner Residenz in Cäsarea am Meer nach Jerusalem hochgereist. Für alles, was im Tempel passierte, würde er Kaiphas verantwortlich machen. Joseph Kaiphas mußte, modern gesagt, "das Problem Jesus lösen".

Die Evangelien sind nach der Zerstörung

Jerusalems geschrieben und wollen ein griechisches und ein römisches Publikum bekehren. Sie sind deshalb judenfeindlich. Um so stärker fällt auf, daß sie von Joseph Kaiphas mit großer Achtung sprechen. Spürbar sind sein Augenmaß und die Geduld, mit der er sich bemühte, den Störenfried aus der Provinz zur Vernunft zu bringen.

Erst als er merkte, daß in seinem Sinne mit Jesus nicht zu reden war – "Er aber schwieg und antwortete nicht" (Markus 14,61) –, fällte Kaiphas das tödliche Urteil konservativer Vernunft: "Besser, ein Mensch stirbt, als daß das ganze Volk zugrunde geht" (Johannes 11,50).

Im Verhalten Jesu fällt schon in Galiläa eines auf: daß er abwechselnd die Auseinandersetzung sucht, ja den Tumult, und dann – "weg von der Menge allem auf einen Berg" (Matthäus 14,23) – die Einsamkeit. Das gleiche in Jerusalem. Ganz nah beim Tempel sucht sich Jesus einen Ort, wo er, der Menge fern, allein sein kann. Wer etwas verspüren will von dieser Einsamkeit, der folge Jesus zu Fuß vom Tempel hinunter nach Gethsemane.

Noch heute, wo das "Goldene Tor", durch das Jesus ein und aus ging, zugemauert ist, sind es, auf dem Umweg durch das "Stephanstor", nur ein paar Minuten: den Hügel hinab und, wie Johannes es beschreibt, “über den Bach Kidron” (Johannes 18,1). Da liegt der Ölbaumgarten.

Daß dies der Garten ist, von dem die Evangelien sprechen, ist in hohem Maße glaubhaft. Hier beginnt ja, unverändert, jener steile Fußweg nach Bethanien, den Jesus täglich, hin und zurück, ging. So gut kannte Jesus diesen Garten, daß er sich schon vor der Leidensnacht, wie Johannes berichtet, “oft” (Johannes 18,2) vom Tempel hierher zurückzog.

Wie aber sich besinnen in einem Garten, an dem heute eine der schlimmsten Straßen von Jerusalem vorbeibrandet, mit unaufhörlichem Lärm und Gestank? Wie sich besinnen in einem touristischen Gedränge, das die Franziskaner mit Einbahnzeichen im Geviert um ihre acht alten Ölbäume herumzulenken suchen? Wie sich besinnen auf das Leiden Christi im unablässigen Klicken und Blitzen der Kameras?

Ganz einfach. Tu genau das, was Jesus tat: “Er riß sich los von den Jüngern”, berichtet Lukas, “etwa einen Steinwurf weit” (Lukas 22,41). Nur ein paar Schritte brauchst du zu gehen, vom Garten der Franziskaner den Hohlweg hinauf, der zu dem arabischen Dorf Et-Tur führt. Seitwärts führen Pfade in ganz gewöhnliche Olivengärten. Setz dich unter einen der Bäume. "Einen Steinwurf weit" entfernt vom Gedränge der Jünger bist du wie Jesus in Gethsemane allein.

Ein paar Terrassen weiter jätet eine palästinensische Bäuerin Unkraut, im schwarzen Rock mit einer kleinen Sichel, wie eine jüdische Bäuerin zur Zeit Jesu. Sie blickt nicht auf. Weiter oben, wo die Ölbaumgärten in Wiesen übergehen, treibt ein Hirte seine Schafe durch die Felder. Zwischen den Ölbäumen blüht, wie damals zur Passahzeit, blutrot der Mohn. "Und es kam", fährt Lukas fort, "daß er mit dem Tode rang. Und sein Schweiß wurde wie Blutstropfen, die zur Erde fielen" (Lukas 22,44).

Es gibt eine kleine Betrachtung über Gethsemane, die der englische Humanist Thomas Morus im Tower zu London geschrieben hat, in den letzten Stunden vor seiner Hinrichtung durch Heinrich VIII. Er begreife nicht, schreibt Thomas Morus, "den so hohen Grad trotziger Tapferkeit", mit dem die meisten Märtyrer vor ihm in den Tod gingen. Im Angesicht des eigenen Todes gehe es ihm vielmehr wie Jesus in Gethsemane: Er empfinde "nichts als atemwürgende Todesangst". Und obwohl er selber zur Nachfolge Christi entschlossen sei, habe er das allergrößte Verständnis für jene, die sich fürs Heldentum des Widerstands und des Gewissens nicht geschaffen fühlen: "Es ist keine Feigheit, wenn ein Mensch Angst davor hat, gequält zu werden, und wenn er dem Martyrium so lang als möglich ausweicht."

Der Gedankengang ist unvollendet. Als Thomas Morus angekommen war an der Stelle "Und sie legten Hand an ihn", nahmen ihm die Knechte Heinrich VIII. das Schreibzeug weg. Und sie führten ihn hinaus zum Blutgerüst auf Tower Hill.

Daß Jesus seinen Kreuzweg durch jene Gassen ging, die als Via dolorosa bezeichnet werden, ist ganz unwahrscheinlich. Nicht dort, wo heute jeden Freitag die Kreuzweg-Prozession beginnt, nicht in der Burg Antonia hat Pontius Pilatus sich aufgehalten, sondern am entgegengesetzten Ende der Altstadt, im Palast des Herodes, am heutigen Jaffator. Ein untergeordneter römischer Beamter hat dort vermutlich das Urteil gesprochen, nach der üblichen Schnellformel für Aufrührer: "Abi in crucem – ab ans Kreuz!"

Das heißt, daß Jesus sein Kreuz genau durch jene Gassen getragen hat, durch die sich, von der jüdischen Neustadt, vom Jaffator her, die Pilgerströme nach Golgatha wälzen. Der Stau ist unvermeidlich. Und er ist, zur Osterzeit, brutal.

Der Felsen nämlich, auf dem, gemäß der Erleuchtung von Kaiserinmutter Helena, das Kreuz Jesu Christi stand, liegt innerhalb der Grabeskirche in einer erhöhten Kapelle. Hinauf führt eine enge Wendeltreppe. Da müssen alle durch. Die Drangsal ist entsetzlich. Männer, Kinder, Invalide, Frauen, Greise quetschen, drücken, stoßen, würgen sich verzweifelt aneinander hoch nach Golgatha.

Merkwürdig: In den großen Heiligtümern Japans drängen sich noch viel größere Pilgermassen. Und doch sind Szenen wie in der Grabeskirche dort, in Nara oder Nikko, nicht denkbar. Selbst im größten Gedränge weiß der Osten die Würde des Ortes zu wahren.

Dies aber ist der Westen. Es ist, historisch echt, die Christenheit. Denn so war es auf den blutigen Kreuzzügen des Mittelalters, so ist es auf den Jumbo-Wallfahrten heute: Nur wer sich hochgekämpft hat bis auf den Felsen von Golgatha, nur wer dort oben den Arm hineingestreckt hat in jenes silbern eingefaßte Loch, in dem das Kreuz gesteckt hat, nur der war Jesus nahe.

War er Jesus nahe? Im Jahre 1883 kam eine fromme Engländerin zur Grabeskirche gepilgert: Louisa Hope, Sie sah den abergläubischen Rummel um die Stätte der Kreuzigung und, viel schlimmer noch, unten in der Kirche, um das Grab selbst. Miss Hope war disgusted.

Doch dann dachte sie scharf nach: Um jeden Stein in der Grabeskirche streiten sich sechs christliche Kirchen: die Orthodoxen, die Katholiken, die Armenier, die Jakobiten, die Äthiopier und die Kopten. Aber eine Kirche fehlt. Die wichtigste. Die Church of England ist in der Grabeskirche nicht vertreten. Wo aber die Kirche von England nicht ist, das wußte Miss Hope ganz sicher, da ist die Wahrheit nicht. Also ist Jesus gar nicht in der Grabeskirche begraben.

Mit dem detektivischen Gespür einer alten Engländerin begann Miss Hope, rund um Jerusalem das Erdreich aufzuwühlen. An der Straße nach Nablus wurde sie fündig. Dort fand sie den Garten des Joseph von Arimatäa. Und in dem Garten jenes "Gartengrab", aus dem, wie die Kirche von England seither fest glaubt, Jesus erstanden ist.

Es gibt ein Photo aus dem Jahr 1867, das dieses Grab im Urzustand zeigt. Das Photo stimmt bedenklich. Es zeigt einen halbverschütteten Weinkeller am Rande einer Kiesgrube. Aber Miss Hope wäre nicht Miss Hope gewesen, hätte sie sich dadurch entmutigen lassen. Gerne stelle ich mir vor, wie sie sich um Mitternacht mit dem Preßlufthammer ans Werk machte. Man wende nicht ein, daß der Preßlufthammer noch nicht erfunden war. Wenn er noch nicht erfunden war, dann reichte der religiöse Eifer von Miss Hope völlig aus, um ihn zu erfinden. Zum Schluß bohrte sie, unmittelbar über der Gruft, eine Luke nach draußen, in die sie eine kleine Lampe so märchenhaft plazierte, daß der Besucher, heute, gebannt hinschaut und glaubt, er sehe wie einst Maria Magdalena – Lukas 24,4 – das Licht der Engel scheinen aus dem Grab des Auferstandenen.

Noch war die eigentliche Arbeit nicht getan. Mit dem gärtnerischen Genie einer alten Engländerin pflanzte Miss Hope Reben und Rosen, Thymian und Rosmarin, legte lauschige Wege an und wundersame Lauben. Als wäre es wirklich jener Garten des Josef von Arimatäa, in dem, wie die Evangelien berichten, Jesus erstanden ist.

Kein Baum und keine Blume der Bibel, die sie nicht liebevoll gepflanzt hätte: den Liebesapfel König Salomons (Hohes Lied 7,13), den Wermut des Propheten (Jeremias 23,15), den Gefleckten Schierling, die "Galle", die Jesus am Kreuz trank (Matthäus 27,34). Darüber wölben sich die Zedern des Libanon, die Feigenbäume Salomons, die Palmen König Davids. Den Senfbaum pflanzte sie, dessen

Krone voller Vögel Jesus mit dem Himmelreich verglich (Matthäus 13,32).

“Wo soll ich hin, um die Gegenwart Jesu in Jerusalem zu verspüren?” hatte ich Schalom Ben Chorin gefragt, den jüdischen Jesusforscher in Jerusalem. Er zögerte. “Zum Gartengrab”, sagte er dann. “Der Ort ist nicht historisch; aber die Stimmung ist echt.”

So ist die Religion. Sie ist wie die Kunst. Zwischen Wahrheit und Phantasie spielt sie ihr Wechselspiel so göttlich, daß die Wahrheit zur Lüge werden kann und die Lüge zur Wahrheit.

Am Karfreitag ist es hier am schönsten. Dann ist der Garten für Touristen geschlossen. “Zutritt nur für Beter”, steht am Tor. Die alten englischen Ladies, die heute, in der Nachfolge von Miss Hope, das Gartengrab hüten, werden dich mit einem Lächeln hereinlassen.

Setz dich unter die Weinranken oder unter einen Mandelbaum. Während um dich, zur Osterzeit, die ganze Bibel blüht, lies das Johannesevangelium. Und du wirst, in diesem schönsten Garten von Jerusalem, noch einmal verspüren, was vor dir Maria Magdalena verspürt hat, als Jesus (Johannes 11,25) zu ihr trat und sprach: “Ich bin die Auferstehung und das Leben.”

Ave Maria

Jeder Bär, sagt Goethe, sehnt sich zurück nach seiner Höhle. Meine Höhle liegt dort, wo die schönsten Höhlen der Welt liegen: in den französischen Pyrenäen. Ich sehne mich zurück nach der Grotte Unserer Lieben Frau von Lourdes.

Ein religiöses Erlebnis positiv zu schildern, das habe nicht viel Sinn, hat die heilige Theresia von Avila gesagt. Die schönsten Worte sagen dem nichts, der's nicht erlebt hat. Es sei deshalb besser, ein religiöses Erlebnis negativ zu umschreiben.

So will ich es denn sagen, wie es die Große Theresia sagen würde: Lourdes ist das unbedingte Gegenteil von Cinzano-on-the-rocks. Ich meine das zwangsneurotische Menschenbild, das aus der Konsumwerbung lächelt: ewig jung, nie versagend, pausenlos lebensbejahend, niemals alt und niemals krank. Lourdes ist das Gegenteil.

Es ist acht Uhr früh vor der Grotte von Massabielle, wo die Gottesmutter 1858 der

14jährigen Bernadette Soubirous erschienen ist. Hunderte beten schon den Rosenkranz. Neben mir im Rollstuhl sitzt ein mongoloides Kind. Der Junge kann nicht knien und nicht beten. Er lacht. Niemand nimmt besondere Notiz davon. Lourdes ist der Ort, wo ein mongoloides Kind sich ganz selbstverständlich in der Öffentlichkeit zeigen kann und von allen akzeptiert wird: als Mensch.

Die Wunder-Hysterie in Lourdes dagegen ist vorüber. Sie paßte nicht zur heiligen Bernadette. Die Tochter eines Arbeitslosen und einer Säuferin war von frühester Kindheit an krank. Cholera, Asthma, Herzkrämpfe, Knochentuberkulose – alles hat sie gehabt. Aber um eine wunderbare Heilung hat sie nie gebetet. Sie ist auch nicht geheilt worden. Mit 35 Jahren ist sie gestorben. Ihre letzten Worte waren die normalen Worte eines sterbenden Menschen: “Ich habe Angst”.

Etwa vier Millionen Pilger kommen im Jahr nach Lourdes; etwa 60 000 davon sind Kranke. Das heißt, unter den Pilgern in Lourdes ist der Anteil der Kranken geringer als unter den Einwohnern einer gewöhnlichen deutschen Stadt. Gewiß werden die Kranken in Lourdes bei der großen Sakramentsprozession am Nachmittag besonders gesegnet. Aber sonst stehen sie nicht im Mittelpunkt. Sie sind selbstverständlich dabei. Warum fallen sie dem deutschen Besucher trotzdem auf?

Das Anomale liegt in uns selbst. Bei uns werden diese Leute peinlich versteckt, abgeschoben in Kliniken und Heime, in Anstalten verwahrt. Damit sie uns nicht stören in unserem so gesunden, in unserem verlogenen Lebensgefühl.

Aber auch die große Menge der Gesunden wirkt im Straßenbild von Lourdes auf andere Weise normal als etwa in Hamburg. Man braucht nicht zu Erzbischof Dom Helder Camara nach Brasilien zu reisen; in Lourdes genügt ein Blick auf die Gläubigen vor der Rosenkranzbasilika, um zu erkennen, in welchem Maße die Katholiken die proletarische Hälfte der westlichen Menschheit sind.

Gewiß gibt es die große Rosenkranzwallfahrt im Oktober, zu der alles, was vom französischen Adel übriggeblieben ist, aufersteht, auch die Scheintoten. Lauter Marquisen, Comtessen und Duchessen knien dann in der Krypta zu Lourdes vor dem Allerheiligsten, und noch mehr als sonst gehen die Gläubigen auf Zehenspitzen, aus Angst, die großen alten Damen könnten von selber zu Staub zerfallen.

Gewiß gibt es das Grand Hotel de la Grotte, in dessen marianisch blauen Plüschsalons die amerikanischen Bischöfe absteigen, jeder ganz ungeniert mit einer jugendfrischen Nonne als Frühstückspartnerin. Honni soit qui mal y pense. Die Naivität, mit der sie da sitzen, läßt auf Unschuld schließen.

Einmal im Jahr kommt auch der katholische Gotha aus Süddeutschland nach Lourdes gepilgert, vorneweg im wehenden Maltesermantel Maria de Mercede Johannes Jakob Erwein Karl Augustinus Emmeran Paulus Antonius Johannes von Nepomuk Graf und Edler Herr von und zu Eltz.

Aber das ist nichts als eine winzige blaue Schaumkrone auf einer enormen proletarischen Menschenwoge. 18 000 Einwohner hat Lourdes. Vier Millionen Pilger wälzen sich im Jahr durch die beiden schmalen Gassen, die zu den Heiligtümern führen. Da sind – auf den ersten Blick erkennbar – die treuesten Söhne der Römischen Kirche: die irischen Gastarbeiter aus Glasgow und Birmingham, aus Liverpool und London. Fast alles junge Männer mit ihren Mädchen. Bis morgens um drei verwandeln sie die Kneipen unten am Fluß in irische Pubs. Da sind die italienischen Gastarbeiter aus dem Ruhrgebiet und aus dem nordfranzösischen Kohlenpott. Die Bauern aus der Bretagne sind da, aus Asturien und aus Piemont.

Lourdes ist die größte Versammlung des Proletariats in Europa. Kein Wunder, daß sich auch die Gemeinde Lourdes politisch fest in linker Hand befindet. Zwischen dem roten Rathaus und dem Heiligtum Unserer Lieben Frau herrscht reine Harmonie.

So herrlich proletarisch strömt die Prozession um das Standbild der Gekrönten Jungfrau, daß die bürgerliche Minderheit gar nicht stört. Denn da fehlen auch nicht die treuesten Töchter der Römischen Kirche: die Hausfrauen aus Luxemburg und Straßburg, aus Freiburg und aus Cloppenburg, aus Augsburg und aus Rapperswil.

Es stört nicht einmal die deutsche Bundeswehr. “Welch ein Segen der Muttergottes für ganz Europa”, sagt der Wirt der “Bonbonniere”, Monsieur Blanchard, “wenn die Deutschen nach Westen wallfahren, statt nach Osten zu schießen.”

Interessanter aber als die Soldaten sind in Lourdes die Mädchen. Abends, wenn die jungen Pilger die Straßen mit Gelächter und Geschrei erfüllen, setze ich mich ins Straßencafe am Boulevard de la Grotte, trinke einen Madiran – ein Glas Roten – und schaue Mädchen an.

Mädchen kommen vorbei mit irischen Sommersprossen. Mit breiten Mündern. Mit kräftigen Armen. Geborene Nonnen, geborene Waschweiber und geborene Frittenverkäuferinnen. Gläubige Mädchen und wissende Mädchen. Nur eine fehlt. In Lourdes fehlt der Typ der aufgeklärten, langbeinigen Blondine. Maria sei's gedankt: Es fehlt das Titelbild vom 'Stern'.

Eines Morgens aber nach der Frühmesse ist mir in Lourdes eine über den Weg gelaufen, die war mir völlig unsympathisch. Im Jeansanzug kam sie daher, "sportlich, aber korrekt gekleidet". Kam sie aus Bremen oder aus Hannover?

Vor dem Souvenirgeschäft "Zum Heiligsten Herzen Jesu" blieb sie stehen. Man sah ihr an, sie konnte es nicht fassen: Maria als Korkenzieher, Maria als Sanduhr, Maria als Löffel, Maria als Bonbon. Maria von innen beleuchtet, Maria von außen beleuchtet, Maria mit wechselnder Beleuchtung. Kleiderbürsten, Aschenbecher, Bleistifte, Kuckucksuhren, Sparbüchsen, Fingerhüte, Pfeifen, Portemonnaies und sechs verschiedene Sorten von Kuhglocken: alle nur echt mit der Madonna. 450 Andenkenläden in Lourdes sind voll von diesem Zeug. Vor allem aber, millionenfach, der große Schlager von Lourdes: Maria als Flasche. Aus Plastik schon für 40 Pfennig.

Mit abschraubbarer blauer Krone – “Huch, wie geschmacklos!”

“Mein Fräulein, sei’n Sie munter!” Das ist halt in Lourdes die Religion des Proletariats, und wenn es etwas gibt, was diese Klasse von Leuten zweifellos kennzeichnet, so ist es der Mangel an sogenanntem Gutem Geschmack.

Im “Warenhaus zum Rosenkranz” packt ein Bauer aus der Bretagne Plastikmadonnen ein. Sechs Stück will er haben. “Für jeden in meiner Familie eine”, sagt er, “dann gibt’s keinen Streit.”

Dem Klerus dagegen waren die Plastikmadonnen in Lourdes so peinlich, daß er gemeinsam mit den Händlern spezielle Kommissionen gebildet hat, um den sogenannten Guten Geschmack in Lourdes einzuführen: echte Öko-Madonnen aus Holz und Elfenbein. Inzwischen findet man die Dinger fast nur noch in den noblen Vitrinen des Grand Hotel de la Grotte. Fürs normale Pilgervolk hier ist der Gute Geschmack zu teuer.

Das Beste ist in Lourdes ohnehin gratis: die Religion. Kostenlos bekommt das Proletariat hier Unterricht in einer Kunst, für die das deutsche Bildungsbürgertum ein Heidengeld bezahlt. Nämlich in der Meditation.

Es gibt auch in der Religion so etwas wie Bildung. Bei uns ist die religiöse Bildung zusammengebrochen. Anders ist nicht zu erklären, daß eine Generation von jungen Deutschen ihr Geld zu indischen Gurus und zu amerikanischen Psychologinnen trägt, um etwas zu lernen, was gratis bei der eigenen Großmutter zu haben wäre: die Technik der Meditation.

Achtzehnmal ist Unsere Liebe Frau in der Grotte von Massabielle der Bernadette erschienen. Das einzige religiöse Erkennungszeichen, das sie bei sich trug, war der Rosenkranz. Er ist das Gebetbuch der armen Leute. Er ist zugleich – in Ost und West – die weitaus schönste, kostbarste, höchstentwickelte Form der Mantra-Meditation. Die sogenannte "Transzendentale Meditation" von Guru Maharishi Mahesh Yogi und das Bhakti Yoga von Srila A. C. Bhaktivedanta Swami Prabhupada sind ein Dreck dagegen.

Ihr Kitsch-Brüder und Kitsch-Tanten von der deutschen Meditations-Szene: Mit euch rede ich nicht mehr, bevor ihr nicht eine Wallfahrt zu Unserer Lieben Frau vom Rosenkranz in Lourdes gemacht habt. Da bekommt ihr das gleiche gelehrt wie bei eurem Guru, aber gratis und in besserer Qualität.

Da steigt ihr auch endlich auf in den spirituellen Jetset. Pausenlos donnern die grünen Jumbos der irischen Fluggesellschaft Aer Lingus auf den Flughafen des winzigen Pyrenäenstädtchens nieder. Lourdes-Dublin, Lourdes-Paris, Lourdes-Brüssel, Lourdes-Rom, Lourdes-Barcelona: Es ist das erstaunlichste Streckennetz der Welt, das die Iren da aufgebaut haben. Noch fehlt eine tägliche Linienverbindung nach Deutschland. Sie wird kommen. Schon hat das Morgenflugzeug Köln-Paris Direktanschluß nach Lourdes. Die Caravelle ist bis auf den letzten Platz besetzt.

Natürlich überwiegen bei den organisierten Wallfahrten die alten Leute. Das war immer so. Die alten Leute sind dem Herrgott am nächsten, und in Lourdes darf man alt sein, da braucht man nicht den "Senior" zu spielen. Auf den 42 Campingplätzen von Lourdes wimmelt es dagegen nur so von Jugendlichen und von jungen Familien.

Was zieht die Menschen heute millionenweise an einen Ort, über den die ganze aufgeklärte Welt die Nase rümpft? Darüber habe ich mit vielen Pilgern in Lourdes gesprochen. Viel Aufschlußreiches habe ich nicht erfahren. Vielleicht gehört es sich auch nicht, Menschen auf religiöse Motive anzusprechen, die ihnen nicht bewußt sind. Und die ihnen auch gar nicht bewußt zu sein brauchen.

Ich kann also nur für mich selber sprechen. Was mich nach Lourdes zieht, ist das Bedürfnis, fromm zu sein.

Man darf ja heute alles sein: links oder rechts, gescheit oder dumm, krumm oder gerade. Nur eines darf man nicht sein: Man darf nicht fromm sein. Auf dem religiösen Gefühl, auf der Frömmigkeit, liegt heute ein Tabu, böser noch als das Tabu auf der Sexualität im 19. Jahrhundert.

Arn schlimmsten ist es in der katholischen Kirche. In wenigen Jahrzehnten hat diese Kirche sämtliche Fehler nachgeholt, die von der evangelischen Kirche in vier Jahrhunderten begangen wurden. Weder ihre Finanzen noch ihre bürokratische Machtstruktur hat die katholische Kirche reformiert. Abgeschafft hat sie dafür jene schönen alten Formen der Frömmigkeit, die das einzig Erhaltenswerte an dieser Kirche waren, Das Ergebnis solcher Pseudoreform ist ein gefühlloser, stinklangweiliger Geschwätz- und Krisen-Katholizismus.

So ist inzwischen, allen Ernstes, die große Mehrheit der deutschen Katholiken überzeugt, Katholizismus sei wesenhaft ein Problem. Ein schreckliches, ein unlösbares Problem.

Frömmigkeit ist aber das Gegenteil von

einem Problem. Sie ist Gefühl. Sie ist Farbe, Form und Melodie. Sie ist Weihrauch und Latein, Gewimmel und Spektakel. Katholizismus ist ein schönes Gefühl. Frommsein macht Spaß.

Natürlich hat der Klerus auch in Lourdes versucht, die alten Formen der Frömmigkeit zu Tode zu reformieren. Der Versuch ist gescheitert. Die großen Prozessionen, die schönen Gesänge – fast alles ist geblieben. Maria ist nicht reformierbar.

Lourdes ist die Metropole der Frömmigkeit; Santiago in Galicien und Fatima in Portugal sind nichts dagegen. Hier ist mir wohl zu jeder Stunde: nachmittags, wenn Chorherr Décha vor das Portal der Rosenkranzbasilika tritt und mit ungeheuren Armbewegungen das "Tantum ergo sacramentum" der Massen dirigiert. Abends, wenn die phantastische Lichterprozession um das Standbild der Gekrönten Jungfrau brandet. Und nachts um drei. Dann lohnt es sich, die irischen Zecher im Café "Astoria" sitzen zu lassen und hinüberzupilgern zur Gebenedeiten Grotte.

Zu dieser Stunde knien vor dem Gnadenbild die Mystiker. Still versenken sie sich in die wunderbaren Geheimnisse des Rosenkranzes.

Bis der Morgen tagt.

Auch ich war in Arkadien

Das Wichtigste war die Flöte. Die kleine Flöte aus Nußbaumholz. “Für einen Hirten in Arkadien”, sagt Barba (”Väterchen”) Panagiotis, “war diese kleine Flöte viel wichtiger als das große Ding da.” Und er reißt seiner Frau Christina den Hirtenstab aus der Hand.

Christina ist 83, Barba Panagiotis selbst ist 92 Jahre alt. Die beiden wohnen in Stemnitsa, einem Bergdorf in Arkadien, im innersten Peloponnes. Sie gehören zu den letzten, die noch aus eigenem Erlebnis jenes Hirtenleben in Arkadien schildern können, das den alten Griechen Inbegriff des Glücks war und von dem die deutsche Klassik voller Wehmut schwärmte: “Auch ich war in Arkadien.”

Aber 92 ist ein Alter, in dem man sich leicht ärgert. Wahrscheinlich hat sich der alte Panagiotis darüber geärgert, daß wir seiner Frau Christina viel aufmerksamer zuhören als ihm. Denn sie erzählt von der Liebe. Von der Liebe zwischen Schäferin und Schäfer im alten Arkadien. Deshalb hat er ihr den Hirtenstab und zugleich den Faden des Gesprächs entrissen. “Über dieses Ding da”, sagt Barba Panagiotis und stampft mit dem Stab auf den Boden, “wird auch viel dummes Zeug erzählt.”

Die Leute glauben, der Krummstab sei dazu da, dem Hirten väterliche Autorität zu verleihen. Das stimmt aber nicht. “Die Hirtinnen hatten ja alle den gleichen Stab wie die Hirten”, sagt Barba Panagiotis. Wozu war der Krummstab dann da? “Blöde Frage! Das sehen Sie doch selbst!”

Zu sehen ist, daß der alte griechische Hirtenstab viel länger ist als ein deutscher Wanderstock, etwa zwei Meter lang, daß er jedoch oben nicht so schneckenförmig weit und ornamental gebogen ist wie etwa ein bischöflicher Hirtenstab, Seine Form ist ursprünglicher: Er endet in einem kurzen, scharf gekrümmten Haken. “Und auf diesen Haken”, erklärt Barba Panagiotis, “kommt es an.”

Schafe pflegen nämlich in die Irre zu gehen. Nicht einmal, nein mehrmals am Tag mußte der Hirte Panagiotis ein verlorenes Schaf von einem Felsen zurückholen, von dem es verzweifelt in den Abgrund blökte. Selber zu dem unberechenbaren Tier hinauszuklettern war zu gefährlich. Und doch mußte schnell gehandelt werden. Aber wie?

"Ganz einfach", erklärt Väterchen Panagiotis. "Du nimmst deinen Hirtenstab, hakst ihn blitzschnell an einem der Hinterbeine des Hammels fest und reißt ihn mit einem kurzen, kräftigen Ruck zurück auf die Weide." Was heute die Rettungsstange für den Bademeister ist, das war für Arkadiens Hirten der Krummstab. Etwas höchst Praktisches. Aber mehr nicht.

Viel mehr war die Flöte. Die kleine Hirtenflöte *phlogera.* Sie war so wichtig, daß eine Frau sie niemals spielen durfte. "Ohne meine Flöte", sagte Barba Panagiotis voller Stolz, "wären wir alle nicht vom Fleck gekommen."

Wer heute durch Arkadien fährt, sieht hier und dort auf den Bergweiden einen Hirten mit seiner Herde. Fast immer ist es ein Mann, selten eine alte Frau. Stets ist der Hirte allein. In der Hand hält er das Kofferradio. Das Auto steht nicht weit. Abends nämlich fährt der Schäfer zurück ins Dorf, um fernzusehen. Die Herde läßt er über Nacht mit den Hunden allein.

Ganz anders zu der alten Zeit des alten Panagiotis. Nie stand ein Hirte einsam auf der Weide; stets hatte er die ganze Familie bei sich, die Großeltern auch auf dem Esel, mindestens ein Dutzend Menschen. Kein Gedanke, die Herde nachts allein zu lassen. Ins Dorf kehrte ein Schäfer ohnehin selten zurück. Im Winter vor allem, um sich und seine Herde vor dem Schnee zu bergen. Und wenn er so alt war wie Barba Panagiotis, dann verkroch er sich zum Sterben in sein Haus.

Sein Leben lang war ein Hirte unterwegs. Von Weide zu Weide frei durch ganz Arkadien. "Es gehört ja", sagt der alte Panagiotis, als wäre es die größte Selbstverständlichkeit der Welt, "alles allen." Nur die mit Steinen umwallten Felder waren Privateigentum. Solche kleinen Felder hatte Panagiotis selber, durchs ganze Land verstreut. Im August besorgte er seine kleinen Weizenfelder oben am Berg. Im Oktober ritt er "zum heiligen Theodoros", um die Nüsse von seinen Bäumen zu schlagen. Im Dezember ging es hinab in die Ebene von Megalopolis, um die Oliven zu ernten. Reben bestellt Panagiotis noch heute unten bei Vidoni. "Und meine Mandelbäume", sagt er, "stehen dort drüben am Hang." Das ganze Jahr war etwas los. "Das ganze Jahr waren wir mit der Herde unterwegs."

Wer unterwegs ist, hat ein logistisches Problem. Er muß aufbrechen können. Das ist am leichtesten, wenn man allein ist. Wenn man eine Frau hat, ist es schon schwieriger. Mit einer Frau und zwei Kindern ist es, erfahrungsgemäß, fast unmöglich. Wie aber kommt man vom Fleck, wenn man eine ganze griechische Großfamilie bei sich hat, dreihundert Schafe, hundert Ziegen, zwei Esel, fünf vollbepackte Pferde, ein halbes Dutzend Hunde dazu?

Ganz einfach. "Wenn alles halbwegs soweit war", berichtet Christina, "ging Panagiotis hin, nahm die Flöte aus der Tasche und stellte sich so an die Spitze des Zugs." Hinter ihm her die Frauen und die Kinder, die Alten auf ihren Eseln, die Pferde und die Hunde, die Schafe und die Ziegen. Alle Welt setzte sich, wie von selber, m Bewegung. So schön war es, hinter dem alten Panagiotis herzulaufen. "Er konnte", sagt seine Frau Christina, "Hunderte von Melodien."

So zogen sie zu den Weiden am Mainalon, wo nach dem alten Glauben Pan selbst die Hirtenflöte spielte. Nicht einmal, zehnmal wiederholt Virgil in seiner "Bucolica" die feierliche Beschwörung: "*Maenaleos cantus* – Lieder vom Mainalon, laß, meine Flöte, erklingen!" Und dann, noch weiter dem Osten zu, ging es, Panagiotis mit der Flöte voran, bis zu den alten Saumpfaden am Artemision, die hinüberführen nach Argolis und hinab nach Korinth.

Ein Gott war mit den Straßenbauern, als sie den Tunnel für die neue Schnellstraße von

Korinth hinauf nach Arkadien durch dieses Gebirge schlugen. Am Artemision tritt die Straße jetzt genau an der Stelle aus dem Berg, die der griechische Reiseschriftsteller Pausanias im 2. Jahrhundert nach Christus wählte, um Arkadien mit einem Blick zu erfassen.

Berge ringsum. Aber sie drängen sich nicht auf. Sanft, wie Kulissen, treten sie zurück. Den Blick gefangen nimmt das weite, unverbaute Tal. Die Landschaft, durch die der junge Panagiotis flötespielend zog, hätte Nietzsche begeistert. So sehr gleicht sie dem Engadin.

Aber Arkadien ist weiter als das Engadin. Es besteht aus einem guten Dutzend solcher Hochebenen, die wie Kammern auf allen Seiten abgeschlossen sind. Denn die meisten haben keinen Abfluß; ähnlich wie in manchen Hochtälern des Jura versickert das Wasser unterirdisch im Gestein.

Das ist der antike Inbegriff einer menschenfreundlichen Landschaft. Vom *hortus conclusus* schwärmten die Römer, von einem weiten und doch geschützten, nicht einsehbaren Garten. Und die Griechen, die das Wort von den Persern hatten, sprachen vom *paradeisos.* Nicht mühselig irgendwelche "Gipfel bezwungen" hat der Flirte Panagiotis auf seinen Wanderungen, das taten ja auch die Hirten im Engadin nicht; flötespielend zog er von Tal zu Tal.

"Wenn wir Rast machten", erzählt Christina, "wurden zuerst die großen Kessel ausgepackt, die die Pferde trugen." Brot war darin, das auch noch gegessen wurde, wenn es steinhart war, luftgetrocknetes Fleisch – eine Art Bündner Fleisch –, Oliven und Früchte. Für jeden wurde ein handgewobener Teppich mitgeführt, auf dem er unter freiem Himmel schlief. Ein halbes Dutzend Fässer Retsina waren auch dabei. "Jeder", sagt Christina, "trank ja seine zwei bis drei Liter am Tag." Nach dem Nachtessen dann, wenn draußen, im Mainalongebirge, die Wölfe anfingen zu heulen, rückten alle enger ums Feuer. "Die Männer spielten Flöte, und die Frauen sangen."

Und dann?

Nichts hat, bis ins deutsche Barock, die Phantasie der Dichter so beschäftigt wie die Hirtenliebe in Arkadien. "Komm doch, mein Hirtenknabe, mein schöner, hierher!" sang Virgil. Und noch viel lustiger geht es zu bei dem Griechen Theokrit: "Komm ins Gebüsch, o Hirtin, ich will dir ein Märchen erzählen."

Alles ein Märchen. Wohl hat mancher schöne junge Hirtenknabe mit seiner Flöte dem Mädchen Christina gefallen. Doch da war nichts. “Meine Brüder hätten mich getötet.” Dies war ja eine Zeit, in der sie, nach ihrer Hochzeitsnacht, noch das Leintuch draußen über den Balkon hängen mußte. Zum Beweis ihrer Jungfräulichkeit. “Und doch”, fängt die alte Hirtin an zu lachen, “bekam jede von uns genau den, den sie wollte.”

Nichts als Blicke wurden getauscht zwischen zwei Verliebten, nichts als ein paar heimliche Worte und vielleicht ein paar ganz flüchtige Berührungen. Dann gingen beide, Hirtenmädchen und Hirtenknabe, zu ihren Eltern. Und beichteten dies, als sei es eine furchtbare Todsünde.

Eine Flut von Verwünschungen ging über die Verliebten nieder, mündend jedoch stets in den Beschluß beider Familienväter, dies alles, bevor noch Schändlicheres geschah, “in Ordnung zu bringen”. Die *proxenia* begann, die Mitgiftverhandlungen zwischen zwei Familien.

Je mehr sie erzählt, desto heiterer wird Christina. “Der Vorteil”, sagt sie, “war, daß selbst ein häßliches Mädchen den bekam, den sie wollte. Der Vater mußte einfach mehr Schafe geben.” Panagiotis vergräbt das Gesicht in beide Hände. “Wir haben eine in Stemnitsa”, stöhnt er, “ich sage den Namen nicht, 380 Schafe hat der Vater für die geben müssen!"

Der Vater war ruiniert. Aber das Mädchen war glücklich. Auf diese Weise waren alle dreihundert Schäferfamilien, die es zu Panagiotis' Zeiten in Stemnitsa gab, unablässig alle mit allen beschäftigt. Wenn nicht mit Heiratsvermittlung, dann mit Erbstreitereien.

Dreihundert Schäferfamilien waren es damals, vor fünfzig Jahren, jetzt sind es noch fünfzehn. "Und das", sagt Christina traurig, "sind gar keine Familien, sondern alte Ehepaare, nur zu zweit." Kein Junger macht mehr mit, kein Kind ist mehr dabei. Was ist geschehen?

Das ist eine Frage, die man dem alten Panagiotis besser nicht stellt. Vor Ärger erstickt er fast: "Die Deutschen", schimpft er, "die Deutschen sind an allem schuld!"

Drei Jahre lang hielten sie im Zweiten Weltkrieg den Peloponnes besetzt. Um die Partisanen in den Bergen Arkadiens zu bekämpfen, verhängten sie langfristige Ausgangssperren. So brach die uralte Lebensweise der arkadischen Hirten zusammen. Aber daß sie so leicht zusammenbrechen konnte, "das", gibt Christina zu, "hat noch einen andern Grund".

Arm sind die Schäfer in Arkadien heute nicht mehr. Panagiotis rechnet vor: Wenn einer dreihundert Schafe hat und, sagen wir, hundert Ziegen, so kassiert er, noch bevor er das erste Schaf auf die Weide treibt, im Jahr gut zwei Millionen Drachmen (17000 Mark) Subventionen von der EG. Die anderen Männer im Dorf bestätigen das. Und dann kommen noch alle möglichen weiteren Subventionen aus Brüssel. Auf Milch, auf Käse, auf Fleisch. Subventionen auf Haut und auf Knochen. “Wir waren arm”, sagt Barba Panagiotis, “aber heute sind die Hirten in Arkadien reich. Ich sage Ihnen”, raunt er,“‘stinkreich.”

Aber Christina weiß auch das besser. Sie schüttelt den Kopf: “Es reicht nicht”, sagt sie, “für eine Eigentumswohnung in Athen.”

Heute wie einst steht und fällt der Status einer griechischen Familie mit der *proika,* der Mitgift, die sie ihren Töchtern zahlen kann. Mit Schafen aber gibt sich kein moderner Bräutigam mehr zufrieden. Seit fast die Hälfte der Bevölkerung Griechenlands im Ballungsraum von Athen lebt, ist dies zur Norm aller griechischen Normen geworden: als Mitgift eine Eigentumswohnung in Athen.

Die *nomie* Arkadien, zu der heute außer dem klassischen Bergland auch ein Streiten Küste im Osten gehört, hatte 1940 171 000 Einwohner, heute noch 103 000. Diese offizielle Zahl ist aber geschönt. Es sind sehr viel weniger. Stemnitsa etwa, ein Dorf, das weniger verödet ist als andere, hatte vor dem Krieg gut 5000 Einwohner. Heute sind es im Winter noch 280. Nach Kanada und nach Australien sind nach dem Krieg die meisten ausgewandert. Jetzt allerdings will kein Hirtensohn aus Arkadien mehr in die Fremde. Athen haben sie alle im Sinn. In Athen eine Braut und somit eine Eigentumswohnung.

In den Cafés rund um die *plateia,* den alten Dortplatz, sitzen wohl hundert alte Männer. Den ganzen Tag sitzen sie da, in sorgfältig gebügelten Anzügen. Und in auffällig guter Laune. “Kein Wunder, daß die guter Laune sind”, ärgert sich Väterchen Panagiotis, “ich wäre auch guter Laune. Die haben doch alle eine Eigentumswohnung in Athen.”

So schließt sich der arkadische Lebenskreis. Die Eigentumswohnung in Athen, die über das Schicksal des jungen Mädchens entscheidet, bestimmt zum Schluß auch des alten Mannes Lebensglück. Auf seine letzten Jahre nämlich vermietet er die Athener Eigentumswohnung, zieht sich ins Heimatdorf zurück und lebt dort von den Mieterträgen, im *kapheneion* beim Ouzo sitzend, den ganzen Winter wie ein alter Gott.

Aber wartet, bis der Sommer kommt. Mit

einem Mal wimmelt das verlassene Dorf wie ein Ameisenhaufen. Nicht mehr 280 Einwohner wie im Winter, nicht mehr 3000 Einwohner wie vor dem Krieg hat Stemnitsa im Juli mit einem Mai, sondern 5000. Und da im Dorf selber kein Platz ist, stehen die Autos draußen an den Straßen nach Megalopolis und nach Dimitsana kilometerweit im gleißenden Licht.

Alle sind nach Hause gekommen. Manche aus Übersee, die meisten aus Athen. Überall im Dorf wird Beton gemischt. Fliesen werden verlegt. Schmiedeeiserner Zierat wird vernagelt. Vor allem werden alte Balken freigeschabt und frisch gebeizt. Rustikal!

Die neue Autobahn von Korinth nach Tripolis, dem kleinen Hauptort von Arkadien, hat die Fahrt von Athen ins heimatliche Dorf auf drei bis vier Stunden verkürzt. Tausende kommen jetzt auch schon zu hohen Festen wieder heim. “Unser Sohn mit seiner Familie auch”, sagt Christina stolz.

Der Sohn ist Sachbearbeiter bei der Sozialversicherung in Athen. Seine Frau hat eine Eigentumswohnung in die Ehe gebracht. “Um fünf Uhr morgens”, berichtet der alte Panagiotis, “muß mein Sohn aufstehen, damit er um acht in seinem Büro ist.” Und wenn er nicht im Stau von Athen unterwegs ist, dann ist der Hirtensohn unterwegs zwischen der Mitgiftwohnung in Athen und dem Vaterhaus in Arkadien. “Mein Sohn”, sagt Barba Panagiotis, “ist immer unterwegs.”

Ganz der Vater!

Campagne de luxe nennen die Franzosen solche Dörfer, die keinen eigenen wirtschaftlichen Zweck mehr haben, wohl aber für Freizeit und Urlaub sorgfältig gepflegt und genützt werden. In den Hirtenlandschaften Frankreichs, in den Cevennen etwa, ist diese Entwicklung zur *campagne de luxe* abgeschlossen. In Arkadien fängt sie gerade an. Doch ist nicht sicher, ob sie gleich enden wird. Denn da ist ein Unterschied.

In den Cevennen kann jeder jede *résidence secondaire* kaufen, wie er will. An manchen griechischen Küsten auch. Hier oben aber, in den Dörfern Arkadiens, ist es undenkbar, daß einem Fremden auch nur ein verfallener Stall verkauft würde. Und gelänge ihm das durch einen Trick, so erginge es ihm wie den paar alternativen deutschen Schäfern, die es in Arkadien versucht haben, Sie konnten sich keine vierzehn Tage halten. Der alte Panagiotis ist nämlich nicht der einzige, der sich leicht aufregt. Streit ist des Griechen Lebenselixier.

Fremde gibt es im Sommer ein paar. Sie

machen es wie König Pelops, der der Halbinsel seinen Namen gab, indem er mit seinem Streitwagen an einem Tag quer durch Arkadien raste. Von der Küste im Osten hinauf, zur Küste im Westen hinab. So geht es heute von den Ruinen von Epidauros hinauf und zu den Ruinen von Olympia hinab.

Arkadien ist kein *must* der Bildung. In dem märchenhaft schönen kleinen Theater auf dem Hügel von Orchomenos stehen die beiden antiken Ehrensessel aus Marmor da, als sei die Vorstellung gerade zu Ende gegangen. Weit und breit keine Seele. Wie einst Lord Byron ist der Liebhaber der Antike in den Bergen Arkadiens allein.

Landschaften sind äußerst modeanfällig. Bukolische Landschaften waren in der Antike Mode, später noch einmal im Barock. Heute nicht mehr. Vierzehn Tage lang bin ich auf den Wegen des alten Hirten Panagiotis quer durch Arkadien gewandert. Nie bin ich einem Fremden begegnet. Nur einmal, in einem schweren Unwetter am Mainalon, kam mir ein altes holländisches Ehepaar entgegen. Sie lächelten freundlich. Bevor sie für immer im Nebel verschwanden.

Die beiden hatten das Buch von Gert Hirner unterm Arm: "Wanderungen auf dem Peloponnes". Insgesamt vierzehnmal, so berichten die Einwohner von Stemnitsa, hätten sie in den letzten Jahren erschöpfte und verzweifelte deutsche Wanderer geborgen. Und alle hatten Gert Hirners Wanderführer unterm Arm.

Am packendsten ist das Erlebnis der Stille hoch auf den alten Bergweiden am Lykeon, wo der Blick hinausgeht bis aufs Meer. Nur die Trümmer eines antiken Heiligtums und die von ein paar verlassenen Almhütten. Sonst nichts. Nicht ein Ton.

"Etwa zehn Jahre" seien es her, seit in Arkadien zum letzten Mal die Flirtenflöte erklungen ist, schätzt der Musiker Georgios Moutsikos. Er hat den schönsten Titel der Welt. Georgios ist *Archimousikos* von Arkadien. In dem kleinen Hauptort Tripolis leitet er die "Philharmonie".

Das muß einmal, ein großes Orchester gewesen sein. Mancher große italienische Maestro, heißt es, hat vor dem Krieg hier dirigiert. Inzwischen sind die Streichinstrumente leider, eins nach dem ändern, verlorengegangen. Ganze neun Blasinstrumente dirigiert er noch, Arkadiens Archimousikos.

Seine große Hoffnung ist der 14jährige Klarinettist Eleftherios Pantazis. Den hat die Frage, was er einmal werden wolle, sehr verwundert. Archimousikos, selbstverständlich und nichts anderes, auch er einmal Archimousikos von Arkadien. Und feierlich sagt der 14jährige, was nach seiner Meinung not tut: "Wir müssen zurück zu den Alten."

Wer sind das, die Alten? "Homeros, Sophokles, Aristophanes", sagt Eleftherios Pantazis. Ja gewiß, aber in der Musik? Wieder versteht Eleftherios nicht, wie einer so etwas fragen kann. Er deutet hoch zur Wand. Da hängen doch die Bilder der Alten: "Bach, Beethoven, Mozart."

Und das hier?

Verblüfft starrt der Bub auf die kleine Hirtenflöte aus Nußbaumholz. Einen Augenblick schweigt er verloren. "Ich wüßte nicht einmal", sagt Arkadiens künftiger Archimousikos in seinem besten Englisch, *"where to get such a thing."*

Hans Conrad Zander; Georg Bungter

Haus Himmelstür

Der größte Arztroman
aller Zeiten!

"Haus Himmelstür" – das ist die weltbekannte, ultramoderne "Klinik der Superlative", das Lebenswerk eines genialen deutschen Medizinprofessors, die klassische Klinik des deutschen Arztromans. Hier ist nichts unmöglich, nichts undenkbar. Verfolgen Sie die aufregendsten Operationen der Medizingeschichte, die hochdramatischen Schicksale einer heimeligen Privatklinik, das rastlose und aufopferungsvolle Wirken eines genialen deutschen Medizinprofessors im Bannkreis von schönen Frauen und ruchlosen Verbrechern ....

Haus Himmelstür – der größte deutsche Arztroman aller Zeiten.

1999, 144 S., 10,90 €, gb.,ISBN 3-8258-4506-0

HANS CONRAD ZANDER
GESAMMELTE WERKE

Hans Conrad Zander

Von der Religiosität der Katzen

24 Sonntagsweisheiten

Mit weisem Spott füllt Hans Conrad Zander Ihre sonntägliche Leere. Sie wundern sich über: „Die Unterhose über Grönland“ „Das Vermächtnis des Hilfsgeistlichen Alfred Birch“, „Von der Lust ein Fremder zu sein“, „Warum ich Adolf Hitler gut verstehen kann“, „Ode an die Geschirrspülmaschine“, und zahlreiche andere Sonntagsweisheiten – bekannt aus dem WDR. In der „Theologie der Wiederholung“ erfahren Sie, warum Sie dieses Buch immer wieder lesen müssen. Sie brauchen die Sonntagsweisheiten von Hans Conrad Zander.

Bd. 1, 2. Auflage, 136 S., 7,90 €, Ln.,
ISBN 3-88660-516-7

GESAMMELTE WERKE

Hans Conrad Zander

Von der rechten Art, den Glauben zu verlieren

Eine Überzeugung, ja den Glauben zu verlieren, gehört zu den Risiken des modernen Lebens. Jedem kann dies widerfahren. In solcher Drangsal hilft Hans Conrad Zander mit "praktischen Ratschlägen". Er hilft, den Glauben gelassen zu verlieren und warnt Sie vor der größten Gefahr: der Gefahr, gleich einen neuen anzunehmen. Zum Verständnis Ihrer Selbst und der Welt brauchen Sie das Werk von Hans Conrad Zander.

Bd. 2, 2. Auflage, 64 S., 7,90 €, gb.,
ISBN 3-88660-999-7